Laddy

AF187031

Erstaunliche
Tiergeschichten
nach wahren Begebenheiten

Laddy

Erstaunliche
Tiergeschichten
nach wahren Begebenheiten

Impressum:

©2023 Laddy GbR

Umschlaggestaltung, Herstellung und Verlag:
BoD – Books on Demand, Norderstedt

Titelbild:

Foto: Pixabay

love-for-animals-2479736_1920

Pixabay Lizenz: https://pixabay.com/de/service/license/

ISBN: 978-3-7481-3776-4

Tiere können das Wort Liebe nicht schreiben, aber umso besser können sie es zeigen.

Unbekannter Verfasser

Inhaltsverzeichnis

Das sibirische Wolfsrudel

Nicht viele können von sich behaupten, dass sie bereit wären, sich zum Wohle eines anderen Menschen zu opfern. Erst recht nicht für eine Person, die sie nicht einmal kennen. Umso unglaublicher ist die Geschichte des sibirischen Forstinspektors Sergej. Denn er wurde von Wildtieren gerettet, genauer von einem Wolfsrudel, das bereit war, sich für ihn zu opfern.

Dimitri wurde in eine sibirische Eisenbahnerfamilie hineingeboren. Das Dorf, in dem er lebte, lag weit abseits des großen Irkutsk und die Eisenbahn war im näheren Umkreis nicht nur der größte, sondern auch der einzige Arbeitgeber. Zumindest wenn man eine sichere Stellung suchte. Man konnte noch wählen, ob man Mechaniker wurde oder den Beruf des Lokführers anstrebte.

Nachdem Dimitri die Schule beendet hatte, versuchte er sein Glück zunächst im weit entfernten Irkutsk, um dort ein Ingenieursstudium zu beginnen.

Bereits nach wenigen Monaten merkte er schnell, dass die Großstadt ihn erdrückte. Also folgte der junge Mann der Familientradition und wurde, wie schon sein Vater und auch dessen Vater, Lokführer. Ein neuer Traum war geboren. Sein Ziel war es, einer der Lokführer auf der berühmtesten Eisenbahnstrecke der Welt zu werden. Dimitri wollte im Führerhaus der Transsibirischen Eisenbahn den 9.288 Kilometer langen Weg von Moskau bis nach Wladiwostok fahren.

Nach erfolgreicher Ausbildung fuhr er zuerst als zweiter Lokführer auf verschiedenen Strecken und bereits nach kurzer Zeit wurden ihm als erster Lokführer Güterzüge anvertraut. Das war die Vorstufe zum ersehnten Ziel.

Dimitri liebte seinen Beruf und genoss es, Winter wie Sommer durch das weite sibirische Land zu fahren, um seine tonnenschwere Fracht von Stadt zu Stadt zu bringen. Er verschmolz bei jeder Fahrt mit der Größe, der Schönheit und auch mit der Einsamkeit des schier unendlichen Sibiriens. Der junge Mann mochte sowohl die heißen, kurzen Sommer als auch die eisig kalten, langen Winter. Sibirien war für ihn das schönste und abenteuerlichste Land auf der ganzen Erde.

Dimitri war von seiner aktuellen Route begeistert. Niemals war die Strecke gleich, und egal wie oft er sie schon gefahren war, er entdeckte immer wieder neue Schönheiten.

Eines Tages sollte er jedoch etwas erleben, das er bis zum Ende seines Lebens niemals vergessen würde.

Es ist schwierig, die wilde Schönheit Sibiriens in wenige Worte zu fassen. Das Land ist mit rund 16 Millionen Quadratkilometern größer als Europa und von Norden nach Süden reihen sich polare Wüste, Tundra, Taiga, Waldsteppe und Steppe aneinander. Unzählige Wildtiere leben in den weitläufigen Urwäldern. Leider gibt es viel zu wenige Forstinspektoren, die sich um den Schutz dieser Tiere kümmern und vor Wilderern schützen. Das Leben dieser schlecht bezahlten Männer ist karg, gefährlich und einsam. Streift man durch das Land, entdeckt man immer wieder Gräber mit Inschriften, auf denen man lesen kann, welcher Wildhüter einem oder mehreren Wilderern zum Opfer gefallen war.

Einer dieser tapferen Forstinspektoren war Sergej. Er hatte sein Leben vor mehr als 40 Jahren der Natur und den Tieren gewidmet. Der Forstinspektor lebte fernab jeglicher Zivilisation in einer staatlichen Blockhütte mitten in den Wäldern nahe dem Baikalsee. Zum nächsten Dorf waren es knapp zwei Tagesmärsche, nach Irkutsk benötigte Sergej vier bis fünf Tage. In die Stadt musste er zum Glück nur einmal im Jahr.

Der Forstinspektor liebte die Ruhe und die Wildnis. Er kümmerte sich um die Tiere, studierte ihr Verhalten, respektierte sie und jagte ihre menschlichen Feinde, die Wilderer. Er war der Herr des Waldes, kannte jeden Baum, jeden Pfad, jeden Hügel und jede Gefahrenstelle. Er konnte sich lautlos bewegen und unsichtbar machen. Sergej war bei Wilderern gefürchtet und seit er die beiden Gefährlichsten unter ihnen vor ein paar Jahren gefangen genommen und ins Gefängnis gebracht hatte, wurde sein Territorium von allen Wilderern gemieden.

Der Forstinspektor hasste die Tage, an denen er ins Dorf gehen musste zwar nicht, aber er mochte sie auch nicht sonderlich. Sie waren einfach notwendig, um seine Vorräte aufzufüllen und den monatlichen Bericht an das Büro in die Stadt zu senden. Dafür nutzte er das Faxgerät im Dorfladen.

Hier bekam er auch alles, was er zum Leben benötigte. Bohnen, Speck, Tee, Pfeifentabak, Gewehrpatronen und seinen geliebten Wodka. Sergej beendete jeden Abend mit einem Glas Wodka. Er schwor darauf, dass dies das Geheimnis seiner robusten Gesundheit war. Er konnte sich nicht erinnern, jemals bei einem Arzt gewesen zu sein. Abgesehen natürlich vom Zahnarzt. Den besuchte er bei den Besuchen in der Stadt. Ein Glas Wodka. Nicht mehr und nicht weniger. Wenn die Flasche leer war, wusste er, dass es an der Zeit war, den Bericht zu erstellen und ins Dorf zu gehen.

Die Leute mochten den komischen Kauz, der aussah wie ein wilder Eremit, eine Art Robinson Crusoe aus dem Wald. Die zotteligen Haare waren unter einer Fellmütze verborgen. Der graue, lange Bart verdeckte große Teile des Gesichts. Er wirkte grummelig und wer ihn nicht kannte, machte einen Bogen um ihn, wenn er aus dem Wald trat, den Schlitten hinter sich herzog und das Gewehr geschultert hatte. Wer ihn hingegen kannte, freute sich, denn Sergej hatte immer eine lustige Geschichte zu erzählen.

Es war immer das Gleiche. Kaum hatte er die Dorfgrenze erreicht, war er schnell von Kindern umringt. Lachend und um ihn herumtanzend riefen sie: „Väterchen Sergej, erzähle uns eine Geschichte von den Wölfen oder den Bären."

Der Forstinspektor rückte dann meist seine Pelzmütze zurecht, kratzte sich am langen grauen Bart und schmunzelte, bevor er zu erzählen begann. Seine Geschichte endete stets mit Betreten des Dorfladens und dort bekam jedes Kind von ihm etwas Süßes.

So wie jeden Monat stand die Ladenbesitzerin Ludmilla hinter dem Tresen und packte Sergejs Sachen zusammen, während dieser am Faxgerät stand und seinen Bericht absendete. Beide unterhielten sich und nachdem alles erledigt war, zahlte der Forstinspektor. Ludmilla nahm wie immer die Geldscheine, steckte sie in die Kasse und legte das Wechselgeld auf den Tisch.

Sie hatte den kleinen Laden vor ein paar Jahren von ihren Eltern übernommen und kannte Sergej seit ihrer Kindheit. Entsprechend war auch ihre Ansprache geblieben. „Väterchen Sergej, wie lange willst du denn noch dort draußen im Wald leben? Solltest du nicht längst im Ruhestand sein?"

Der Forstinspektor verstaute den Einkauf und schob die zwei Rubel Wechselgeld in seine Hosentasche. Der Tonfall in Ludmillas Stimme ließ ihn aufhorchen. Er bemerkte Sorgenfalten an ihrer Stirn. „Nun", räusperte er sich, „eigentlich wäre es mein letztes Jahr, aber ich habe die Genossen in der Führung um Verlängerung gebeten. Ich denke, dass ich noch gut und gerne fünf Jahre arbeiten kann."

Ludmilla schloss die Kasse. „Du weißt, dass du hier im Dorf sehr willkommen bist. Vor kurzem ist die kleine Wohnung von meinem Onkel frei geworden. Er ist endgültig in die Stadt gezogen. Die kostet nicht viel Miete und …"

„Kindchen", fuhr ihr Sergej ins Wort, „ich gehöre in den Wald und ich fühle mich in meiner Blockhütte gut aufgehoben."

Sie schwiegen sich kurz an. Dann schob Sergej nach: „Nun sag schon, was los ist. Ich sehe es dir an. Es geht nicht um meinen Ruhestand."

Sie nickte. „Ich habe es in der Zeitung gelesen", begann sie mit gedämpfter Stimme, „sie wurden entlassen."

„Wer?"

„Die Brüder Osmanov. Du hast sie vor vier Jahren ins Gefängnis gebracht."

Sergej nickte. „Ja, das waren zwei harte Burschen. Ich habe sie damals auf frischer Tat erwischt. Einer hatte sogar auf mich angelegt und abgedrückt, doch seine Flinte hatte eine Hemmung.

Als ich sagte, dass mein Gewehr funktionieren würde, und auf sie zielte, hatten sie sich ergeben." Sein Blick verdunkelte sich. „Sie hatten zahlreiche Pelze in ihrem Versteck. Das Strafmaß für beide war noch viel zu mild."

Ludmilla stimmte zu. Sergej machte eine abfällige Handbewegung und wandte sich zum Gehen um. „Ich hoffe, sie haben ihre Lektion während der Haft gelernt."

Ludmilla sprach lauter. „Sie haben damals Rache geschworen", warnte sie.

Sergej ging zur Tür und öffnete sie. Kalter Wind blies in den Dorfladen. Er drehte sich noch einmal kurz um. „Kindchen, mach dir keine Sorgen. Sie möchten garantiert nicht mehr zurück ins Gefängnis. Seit die beiden Brüder weggesperrt waren, gab es in dieser Gegend keinen Wilderer mehr. Das hat abgeschreckt."

Kaum ausgesprochen stapfte er zum Schlitten, verschnürte die Einkäufe und ging los. Ludmillas „Viel Glück, Väterchen Sergej" hörte er nicht mehr.

Die Kunst, in eisiger Kälte ein Nachtlager zu errichten, beherrschte Sergej perfekt. Statt eine Schneehöhle zu errichten entschied er sich dafür, diese Nacht in einem Schneegraben zu verbringen. Ohne große Mühe war eine Mulde im Schnee ausgehoben und ein Feuerplatz eingerichtet. Etwas trockenes Holz hatte er extra für diesen Zweck auf dem Schlitten

mitgeführt. Als Dach spannte er eine Zeltbahn über die Mulde und als Isolation am kalten Boden diente ihm ein großes Fell.

Der Forstinspektor legte noch zwei große Holzscheite in das knisternde Feuer, bevor er sich in seinen, ebenfalls aus Fellen geschneiderten, Schlafsack kuschelte. In der Ferne heulten Wölfe. Irgendwo brach ein Ast unter der Schneelast zusammen. Für Sergej waren das Alltagsgeräusche. Er war müde und schlief ein.

Ein stechender Schmerz riss den Forstinspektor unsanft aus dem Schlaf. Jemand hatte ihm etwas Hartes in die Seite gestoßen. Ein Schlag ins Gesicht und ein Tritt in die Rippen folgten. Sergej riss instinktiv die Arme nach oben, um den Kopf gegen weitere Schläge zu schützen. Ein Schrei kam über seine Lippen: „Ahh…". Die Seite schmerzte höllisch. Rippenbruch. Er blinzelte, erkannte zwei Gestalten und wollte sich umdrehen, um nach seiner Waffe zu greifen.

Hämisches Lachen ertönte. „Suchst du das hier, alter Mann?", fragte einer der Männer.

„Los, erschieß ihn!", forderte der zweite Kerl.

Ein Adrenalinstoß durchfuhr Sergej. Das waren unverkennbar die Brüder Osmanov. Die beiden Wilderer mussten ihn im Dorf gesehen haben und seiner Spur gefolgt sein. Gänsehaut bildete sich in seinem Nacken und zog sich über den Rücken hinunter bis zu den Fußspitzen.

„Was wollt ihr?", haspelte er. Innerlich verfluchte er sich. Früher wäre das nicht passiert. Sein Schlaf war immer so leicht, dass er sogar sich annähernde Tiere gehört hatte. Wie konnte das nur passieren? Hätte er doch nur auf Ludmillas Warnung gehört. Gleich war sein Leben vorbei. Beendet von zwei Verbrechern, die danach loszogen, um etliche Wildtiere zu töten, um deren Felle zu verkaufen. Oder die Bären erlegten, um die in China begehrten Pfoten anzubieten. Wut kochte hoch. Sergejs rechte

Hand wanderte kaum merklich zu seinem Gürtel. Dort steckte sein Messer. Er würde sich wehren. Er konnte nicht zulassen, dass diese beiden Männer weiter wilderten.

„Nein, nicht hier. Er soll leiden. Er soll wissen, dass er sterben wird und auf den Tod warten, so wie wir im Gefängnis vier Jahre lang auf den Tag der Entlassung gewartet haben."

Das Geheule eines Wolfes durchbrach die Stille. Weitere Wölfe stimmten ein.

Einer der Brüder lachte und deutete in die dunkle Nacht. „Sie singen dein Todeslied!"

Der Gewehrkolben krachte gegen Sergejs Kopf. Das letzte Geräusch, dass er hörte, war das immer stetig anwachsende Heulen der Wölfe.

Als Sergej wieder zu sich kam, war die Sonne aufgegangen. Er blickte direkt in die gelblichen Augen eines Wolfes. Angst durchfuhr ihn. Sergej riss den Mund auf, um zu schreien, doch kein Ton kam über seine Lippen. Seine Atemwolke kreuzte sich mit der des Tieres. Der Wolf stand ruhig vor ihm und starrte ihn an. Kein Zähnefletschen, keine hastige Bewegung, kein Knurren. Er stand einfach nur da und starrte ihn an. Beinahe sanftmütig war der Blick.

Sergej glaubte, er leide an Wahnvorstellungen. Es musste mit dem Schlag auf den Kopf zu tun haben, redete er sich ein. Der Fortinspektor versuchte sich zu bewegen. Sofort zuckte er vor Schmerzen zusammen. Die beiden Wilderer hatten ihm mindestens ein oder zwei Rippen gebrochen. Wie Lanzen bohrten sie sich in die Seite. Zudem lag er auf etwas sehr Hartem und der Kopf dröhnte fürchterlich. Als er versuchte, Arme und Beine zu bewegen, musste er feststellen, dass er mit Handschellen und Eisenketten an Schienen festgebunden war. Sergej hob den Kopf so hoch wie möglich und erschrak zu Tode.

Um ihn herum befanden sich mindestens zehn bis zwölf Wölfe. Die Tiere, die er vier Jahrzehnte lang beschützt hatte, würden ihn in Kürze töten und fressen. Er hoffte auf einen schnellen Todesbiss, damit er die Schmerzen nicht spüren musste, wenn sie ihn bei lebendigem Leib fressen würden. Sergej hatte fürchterliche Angst. Todesangst.

Für einen Moment wünschte er sich, die Wilderer hätten ihn erschossen. Dann läge er im Wald und würde nichts mehr spüren. Jetzt musste er sich seinem Schicksal ergeben. Er war dem Wolfsrudel wehrlos ausgeliefert.

Sergej schloss für einen Moment die Augen. Er beschloss, seinen Kopf so weit wie möglich nach hinten zu beugen, um den Hals für einen gnadenhaften Todesbiss freizulegen. Der Wolf vor ihm kam näher und schnupperte. Er spürte den heißen Atem des Tieres im Gesicht. Der gefesselte und verletzte Mann zitterte am ganzen Körper.

„Nun beiß schon", flüsterte er und starrte dem Wolf erneut in die Augen. Wieder erkannte er keine Angriffslust in dem Tier. Sein Blick wanderte am Wolf entlang. Es war eine Wölfin. Am rechten Vorderfuß erkannte er eine breite Narbe. Erinnerungen schossen durch seinen Kopf. „Bist du es?", fragte er die Wölfin, als könne sie ihm antworten. Sie musste es sein. Das war die junge Wölfin, die er vor Jahren aus einer Falle der Wilderer gerettet und gesund gepflegt hatte.

Zweifelsohne erkannte er die Wölfin wieder, die er so lange mit rohem Fleisch gefüttert hatte, bis sie wieder bei Kräften war und eines Tages im Wald verschwand.

Sergej wusste, dass Wölfe ihr Heulen als sozialen Ruf benutzten. Sie heulen in die Nacht hinein und teilen damit ihren Standort mit, um im Gegenzug die Standorte der anderen Wölfe wahrzunehmen. Das Heulen warnt vor Feinden und ruft zur Jagd auf. Es warnt das Rudel und es dient dazu die strategische Hierarchie des Rudels zu betonen.

Zumeist beginnt der Leitwolf oder das Leitwolf-Paar und weitere Wölfe stimmen dem Gesang der Alphatiere zu. Das Heulen der Wölfe war das letzte Geräusch, das er hörte, bevor er bewusstlos geschlagen wurde. Hatte sie ihr Rudel gerufen, weil er in Gefahr war?

Sergej versuchte, sich so gut wie möglich umzublicken. Die Wölfe hatten ihn umzingelt und saßen oder lagen vornehmlich im Gleisbett.

Hatten sie sich tatsächlich zusammengerufen, um ihm zu helfen? Das konnte er nicht glauben. Im Herzen berührt, dass ihm ein wildes Wolfsrudel vor anderen Wildtieren schützte, wusste der Forstinspektor dennoch, dass er sterben würde. Er lag auf Eisenbahnschienen und diese Strecke wurde täglich von Güterzügen befahren. Und selbst wenn diese nicht kämen, würde er in der Nacht erfrieren. Sein Schicksal war besiegelt. Die Wilderer wollten, dass er seinem Tod hilflos entgegensehen musste und genau das würde passieren.

Sergej verlor jegliches Gefühl für Zeit. Er lag, umringt von einem Wolfsrudel, nur da und wartete. Das Zittern aus Angst wurde vom Zittern vor Kälte abgelöst.

Irgendwann war es soweit. Es hörte sich an, als begannen die Gleise zu summen. Ein zigtausend Tonnen schwerer Güterzug rollte an. Sergej blickte in die Augen der Wölfin, die sich demonstrativ neben ihm abgesetzt hatte. „Nun geh schon!", hauchte er mit schwacher Stimme.

Dimitri liebte die Fahrt in den beginnenden Morgen. Wenn sich die Nebelfelder hoben und die Sonne den Frost silbrig in den Bäumen neben den Schienen zum Glitzern brachte, strahlte die weiße Landschaft wie die Schatzkammer der sagenumwobenen Eiskönigin.

Im Führerhaus war es angenehm warm. Er genoss den Ausblick, verringerte in einer langgezogenen Kurve etwas das Tempo des Güterzuges und schraubte seine Thermoskanne auf. Eine halbe Minute später nahm er den ersten Schluck Tee. Der Lokführer stellte den Becher zur Seite und konzentrierte sich auf die Strecke. Schon wenig später erkannte er etwas auf den Schienen.

„Ein Hindernis", murmelte er und verringerte das Tempo abermals. „Was ist das?"

Dimitri achtete auf das Hindernis. Es waren Tiere. „Wölfe!", stieß er aus und betätigte die Zugpfeife, um das Rudel aufzuschrecken.

Sie mussten ein verendetes Tier auf den Gleisen gefunden haben und dort fressen. Eine andere Erklärung konnte sich der junge Lokführer nicht vorstellen und zog abermals an der Zugpfeife, deren schrilles, lautes Pfeifen mehrfach widerhallte.

Die Tiere bewegten sich nicht vom Fleck. Dimitri überlegte, was er tun solle. Die Vorschrift verbot ein Anhalten, sollte er sich darüber hinwegsetzen?

Selbst als er nochmals mit einem langen Pfeifton das Rudel wegscheuchen wollte, folgte keine Reaktion. Instinktiv und ohne weiter an die Vorschriften zu denken, leitete er sofort eine Vollbremsung ein. Die Räder blockierten und die tonnenschweren Waggons glitten quietschend über die Schienen. Nicht einmal, als der Zug sich dem Rudel bedrohlich näherte, bewegten sich die Wölfe weg. Todesmutig saßen oder standen sie auf den Schienen und starrten auf die Lok.

Dimitri erkannte, dass sie sich um etwas herum aufgestellt hatten. Es war, als bildeten sie einen Ring. Er hatte Angst in den Pulk hineinzufahren und schloss die Augen.

Endlich. Der Güterzug stand. Der Abstand zu dem Wolfsrudel betrug keine zehn Meter mehr. Dimitri konnte kaum glauben, was er sah. Auf den Schienen lag ein Mensch. Betrachteten die Wölfe ihn als Beute?

Er wartete. Die Wölfe bewegten sich nicht. Dann sah er, wie der Leitwolf kurz am Gesicht des auf dem Gleis liegenden Mannes schnupperte, sich umdrehte und in den Wald weglief. Alle anderen Wölfe folgten. Der Lokführer wartete zwei, drei Minuten, um zu sehen, ob das Rudel zurückkam und stieg dann aus. Er hetzte zu der Person und stellte fest, dass Sergej an die Gleise gekettet war. Sofort holte der Lokführer Werkzeug und befreite den verletzten Forstinspektor.

Als er ihn zur Lok brachte, stimmten die Wölfe ein Heulen an. Über Sergejs Gesicht huschte ein Lächeln. Die Wölfe, die er wie andere Tiere auch, seit vier Jahrzehnten vor Wilderern schützte, retteten sein Leben. Sie bildeten einen lebendigen Schutzschild, das weithin sichtbar war. Ohne diese lebende Schutzwand wäre Sergej von Dimitris Güterzug überrollt worden. Die Wölfe des Rudels hatten ihr Leben für den Forstinspektor riskiert.

Der Fischer und der Hai

Viele Menschen haben große Angst vor Haien. Das liegt vor allem daran, dass diese Tiere immer wieder als Monster dargestellt werden. Berichte über Haiangriffe sind reißerische Schlagzeilen und lassen sich vor allem in den Printmedien gut verkaufen.

Obwohl die Schicksale der betroffenen Schwimmer oder Surfer wirklich schlimm sind, spiegeln solche Meldungen leider ein falsches Bild über diese Tiere wider. Die Angriffe auf Menschen resultieren in erster Linie darauf, dass der Hai sie mit seiner natürlichen Beute, einer Robbe, verwechselt hat.

Der immer wieder herangezogene Vergleich, dass jährlich mehr Menschen durch herabfallende Kokosnüsse als durch Haiangriffe sterben, ist zwar wissenschaftlich nicht belegt, doch er zeigt auf, dass Haiangriffe eher selten sind.

Wie alle Meeresbewohner leiden auch Haie extrem unter der Verschmutzung der Meere. Sie bleiben in alten Fischernetzen hängen oder verenden durch Fressen von Plastik bzw. Mikroplastik. Haie leben seit Millionen von Jahren auf dieser Erde und sind aufgrund der durch den Menschen verursachten Meeresverschmutzung vom Aussterben bedroht.

Haie sind keine Kuscheltiere und sie sind gefährlich. Niemand sollte in Gewässern schwimmen oder surfen, in denen Haie auf Jagd gehen. Es ist ihr Lebensraum und der Mensch sollte das respektieren.

Die folgende Geschichte berichtet über eine der außergewöhnlichsten Freundschaften, die es bisher gab. Die Freundschaft zwischen einem Weißen Hai, der zusammen mit dem Tigerhai und Hammerhai zu den gefährlichsten Vertretern seiner Art gehört, und einem Menschen.

Australien lockt mit sonnigem Wetter und den weißen Stränden jährlich viele Touristen an. Sie möchten die Sonne und das Meer genießen, schwimmen, tauchen und surfen. An vielen Badesträden sind bestimmte Bereiche mit Netzen umzäunt, um ein mögliches Zusammentreffen zwischen den Schwimmern und den Haien zu verhindern.

Fischerboote kreuzen vor der australischen Küste auf dem tiefblauen Ozean. Die warmen und gemäßigten Gewässer sind reich an Fischarten und versprechen gute Fänge.

Arnold Pointer und das Meer waren eine Einheit. Der Australier war Fischer aus Leidenschaft und liebte seinen Beruf, der zudem auch sein größtes Hobby war. Arnold fuhr fast täglich mit dem Boot hinaus. Seine Haut war braungebrannt, das Gesicht wettergegerbt. Ein abgegriffener Kapitänshut verdeckte die kurzen Haare. Der Fischer war beliebt und seine freundliche

Art bescherte ihm auch hin und wieder ein paar zahlende Touristen, die er für eine Tour mit aufs Meer nahm. Die Euros und Dollars waren ein leicht verdientes Nebeneinkommen.

Wie jeden anderen Tag auch, stach Arnold an jenem Tag in See. Dieser jedoch sollte sein Leben verändern. Das Meer war ruhig und viele Boote lagen aufgrund des Feiertags im Hafen. Außer den üblichen Badegästen und Touristenrundfahrten würde das Meer frei von Konkurrenz bleiben.

„Herrlich!", rief er dem Hafenmeister zu, als er über den Steg zu seiner „Little Molly" ging. „Heute warten die Fische nur auf mich."

Joe Miller schüttelte grinsend mit dem Kopf. „Arnold, du bist der fröhlichste Mensch, den ich kenne. Sag mal, wann bist du eigentlich mal schlecht gelaunt?"

Arnold blieb stehen, drehte sich um, streckte die rechte Hand aus und zeigte mit einer leichten Drehbewegung aufs Meer. „Ich schätze, an dem Tag, an dem ich feststelle, dass ich nie wieder rausfahren kann."

Joe zwinkerte. „Das wird noch etliche Jahre dauern. Guten Fang."

„Danke."

Der Motor sprang aufs erste Mal an und „Little Molly" nahm Kurs aufs offene Meer. Der warme Fahrtwind wehte dem 35jährigen Kapitän ins Gesicht. Für ihn fühlte es sich wie ein sanftes Streicheln an. Spielend glitt das kleine Boot über das Meer. Die Sonne spiegelte sich mit tausenden von Glitzerpunkten auf dem Wasser und hin und wieder sprang ein Delfin aus dem tiefen Blau, um mit seinem langen Schnabel voraus erneut ins Meer einzutauchen.

Arnold erreichte sein Fanggebiet, drosselte die Geschwindigkeit und warf das Netz aus. Dann ließ er, wie jeden Tag nach dem Auswurf des Netzes, seine Gedanken gleiten. Heute dachte er darüber nach, ob er am Abend wieder in seine bevorzugte Hafenkneipe gehen sollte. Dort wurde er oft von Touristen angesprochen, die für ein paar Dollar mit aufs Meer fahren wollten. Für Arnold war das stets leicht verdientes Geld. Vorausgesetzt, die Touristen bombardierten ihn nicht mit Fragen oder begannen an Bord zu trinken und feiern.

„Sie zahlen gut", murmelte er und beschloss, wieder drei oder vier von ihnen einzuladen. Er stellte eine kurze Kopfrechnung auf und würde von jedem 25 australische Dollar für die Fahrt verlangen. Inklusive einer Flasche Wasser und einem Lunchpaket, dass er selbst zusammenstellen würde. Das war für ihn ein Gewinn von 20 Dollar pro Person.

Nach ein paar weiteren Gedankenspielen, wie man mit Touristen noch mehr Geld verdienen könnte, ging er seiner Arbeit nach.

Arnold war zufrieden, als er später Richtung Heimathafen fuhr. Er hatte zwar schon bessere, aber auch wesentlich schlechtere Tage gehabt. Silbermöwen kreisten um sein Schiff. Er nahm Fahrt auf. Der Motor dröhnte und der Bug seines Fischerbootes glitt durch die leichten Wellen. Als der Fischer sich der Küste näherte, bemerkte er etwas Sonderbares. Wasser schäumte. Etwas zappelte heftig am Schutznetz, welches für die

Badegäste im Wasser gespannt war, um sie vor Haifischen zu schützen.

Arnold drosselte die Geschwindigkeit und lenkte das Boot zu der Stelle. Der Fischer war sich absolut sicher, dass dort jemand seine Hilfe benötigen würde. Er griff zur Seite und seine Hand umfasste das Fernglas. Kein Rettungsschwimmer war unterwegs. Sein Blick kreiste.

„Niemand hat etwas bemerkt", sagte er leise zu sich selbst und legte das Fernglas wieder zur Seite.

Langsam steuerte er die besagte Stelle an. Das Wasser brodelte richtig. An der Oberfläche war nichts zu erkennen. Entweder hatte sich ein Taucher oder ein großer Fisch im Schutznetz verfangen.

Vielleicht ein Delfin, fuhr es ihm durch den Kopf. Ein Taucher kann nicht so einen heftigen Wasserwirbel erzeugen.

Gekonnt drosselte der erfahrene Fischer vollständig die Geschwindigkeit und lenkte das Boot zur Seite. Sachte schwamm es an die Stelle heran. Der Kapitän zuckte beim ersten Blick zusammen. Instinktiv hielt er sich fest. In dem Netz zappelte weder ein Taucher noch ein Delfin. Es hatte sich ein Hai verfangen. Nicht irgendein kleiner Hai, sondern ein Weißer Hai.

Einer der gefährlichsten Meeresräuber. Der Fischer war sich sicher, dass es sich um ein Weibchen handelte. Der Hai war mindestens fünfeinhalb Meter lang und die Weibchen der Weißen Haie waren mit bis zu sieben Metern deutlich länger als die Männchen, deren Größe sich auf vier bis maximal fünf Meter beschränkte.

Messerscharfe Zähne blitzten dem Kapitän entgegen. Der gedrungene Körper drehte sich wild. Mit der kräftigen Schwanzflosse schlug das gefangene Tier um sich. Während Rücken und Flanken hellgrau waren, schimmerte der Bauch komplett weiß.

Arnold wusste, dass es ein gefährliches, aber auch ein gefährdetes Tier war. Weiße Haie sind vom Aussterben bedroht und stehen in Australien unter besonderem Schutz.

Es steht außer Rede, dass diese Art Hai dem Menschen extrem gefährlich werden kann, aber der Mensch zählt nicht zu seinen Beutetieren. Haie sind neugierig und erkunden interessante Dinge oftmals durch anstupsen oder zubeißen. Letzteres kann für Menschen natürlich tödlich enden.

„Ich weiß, wir sind es, die sich in deinem Revier aufhalten und nicht umgekehrt", sprach Arnold zu dem Hai. Natürlich wusste er, dass der Raubfisch ihn weder hören noch verstehen konnte, aber es tat dem Fischer selbst gut und vor allem, es beruhigte ihn. Die Nervosität und damit die Angst vor dem Hai verflüchtigten sich.

„Wir haben das Netz gezogen, damit wir Menschen euch Haien nicht begegnen."

Er verschaffte sich einen Überblick. Der gewaltige Weiße Hai hatte sich gnadenlos in dem Netz verfangen und würde ohne Hilfe jämmerlich verenden. Der Kapitän wusste was zu tun war. Obwohl er vom Fischfang lebte und Weiße Haie hier in Strandnähe nicht gerne gesehen wurden, würde er ihm helfen. Er fühlte sich regelrecht dazu verpflichtet. „Das Meer ernährt uns beide", stieß er aus und drehte sich um. Fieberhaft sah er sich auf dem kleinen Fischerboot um und überlegte, wie er dem Meeresräuber aus dem Netz helfen konnte.

Am schnellsten würde es gehen, wenn er einfach das Messer nähme und ins Wasser springen würde. Mit ein paar Schnitten wäre der Hai befreit. Arnold schmunzelte bei dem Gedanken ein wenig. „... und ich wäre in höchster Lebensgefahr."

Ein Messer zu benutzen schied demnach aus. Zeitgleich blitzte ein Gedanke auf, der schnell Formen annahm. Schnurstraks holte Arnold die lange Stange mit dem Haken, mit der er immer wieder verschiedene Dinge aus dem Meer hievte. Er griff nach seinem scharfen Fischermesser, befestigte es mittels einer Schnur und Klebeband am anderen Ende der Hakenstange. Das Boot wackelte hin und her. Der gewaltige Meeresräuber kämpfte um sein Leben. Wasser schäumte. Ein Blick über die Bordwand folgte, dann ließ Arnold die Stange ins Wasser gleiten und begann damit, das Netz zu zerschneiden. Schlagartig verhielt sich der Hai ruhig. Das Zappeln und sich Drehen waren binnen Sekundenbruchteilen eingestellt. Die gewaltige Haifischdame lag ruhig da. Es war, als würde sie dem Fischer bei dessen Handeln zusehen. Der Weiße Hai schien zu spüren, dass ihm gerade geholfen wurde.

Arnold hatte schon mal davon gehört, dass man Haie in eine Art Starre versetzen könne, wenn man ihr Maul zuhalte und sie umdrehe. Es stand für ihn außer Frage, dass diese Methode vielleicht bei einem kleinen Baby-Hai funktionieren würde, aber nicht bei diesem ausgewachsenen Tier mit einem Gewicht von bis zu 1.100 kg. Das Maul war breit und lang. Zwischen 23 und 28 Zähne warteten im Ober- und zwischen 20 und 26 Zähne im Unterkiefer darauf, kraftvoll zuzubeißen.

Nachdem der Hai eine Zeitlang bewegungslos im Wasser lag, war die Sicht besser geworden. Arnold erkannte im klaren Wasser das Netz und durchschnitt Stück für Stück. Nach ein paar Minuten war es ihm tatsächlich gelungen, die Haifischdame zu befreien.

Was dann passierte, sollte das Leben des Fischers Arnold Pointer für immer verändern.

„Fertig!", rief er triumphierend und zog die Stange aus dem Wasser. Sein Blick lag auf dem Weißen Hai. Die Hai-Dame schwamm los, aber nicht davon. Sie umrundete Arnolds Boot und blieb vor Ort. Nach ein paar Minuten lächelte der Kapitän, winkte zum Abschied und brummelte vor sich hin: „So long, Baby, ich muss wieder los."

Er warf den Motor an und fuhr in Richtung Küste weiter. Über Funk machte er Mitteilung über das zerschnittene Netz. Der Strandabschnitt würde bis zur Reparatur gesperrt werden.

Es war unglaublich, was weiter passierte. Der Hai schwamm nicht davon. Er folgte dem Boot und umkreiste es, ohne es zu attackieren. Arnold fühlte sich, als hätte er einen Hund bei sich.

Erst als er im Hafen anlegte, war der Weiße Hai verschwunden.

Als Arnold in den nächsten Tagen wieder aufs Meer fuhr, dauerte es nicht lange und die Hai-Dame schwamm neben seinem Boot. Sie begleitete ihn aufs offene Meer hinaus und blieb neben dem Boot, bis er wieder im Hafen anlegte.

Es war, als wolle der Hai dem Fischer danken. Der Raubfisch war nicht vom Boot zu trennen. Anfangs war der Fischer gerührt, doch als ihm bewusstwurde, dass die Hai-Dame tatsächlich nicht mehr von seiner Bootsseite wich, wurde ihm klar, dass er etwas in seinem Leben ändern musste. Sie verhinderte natürlich, dass er Fische fing. Die Meerestiere flüchteten vor dem Raubfisch.

Arnold freundete sich mit dem Weißen Hai regelrecht an. Der Hai sprang sogar aus dem Wasser und ließ sich von dem Fischer kurz am Kopf streicheln. Es war, als spielte ein Jäger mit seinem Hund. Der Hai war zu Arnolds außergewöhnlichem Haustier geworden. Diese Freundschaft zwischen einem Hai und einem Menschen ist wohl einzigartig in der Geschichte.

Der ehemalige Fischer verdient nun sein Geld nicht mehr mit fischen, sondern mit Touristen. Sie checken teils auf seinem Boot ein oder fahren bei größerem Andrang in Begleitbooten mit aufs Meer hinaus und folgen Arnold.

Die Haifischflosse sehen sie bei fast jeder Fahrt, doch manchmal haben sie auch das riesige Glück dem einzigartigen Schauspiel zu folgen, wenn der große Meeresräuber nahe am Bootsrand aus dem Wasser springt und sich von seinem Retter am Kopf streicheln lässt.

Arnold hat die Fischerei verloren, aber eine Freundschaft fürs Leben gefunden.

Pferdeliebe

Diese Geschichte ereignete sich in Marokko. Das Land heißt offiziell Königreich Marokko und liegt im Nordwesten Afrikas.

Der Staat ist lediglich durch die Straße von Gibraltar vom europäischen Festland getrennt. Schon in der Antike siedelten die ersten Berber-Stämme im heutigen Staatsgebiet Marokkos. Römer siedelten um Christi Geburt an der Küstenregion, bevor Vandalen einfielen und im 7. Jahrhundert wurde das Land von Arabern islamisiert.

Die bekanntesten Städte sind Casablanca, Fes, Rabat, Tanger und Agadir.

Heute sind lediglich 0,1 % der Marokkaner christlichen Glaubens. Einer von ihnen ist Salim, von dessen besonderem Erlebnis ich heute berichten möchte.

Warum ich von Salims christlichem Glauben erzähle, wird sich am Ende der Geschichte herauskristallisieren.

(römische Ausgrabungsstätte)   *(Straße von Gibraltar – mit Blick von Afrika nach Europa)*

Salims Vorfahren waren seit jeher Landwirte und Pferdezüchter. Das Landgut der Familie lag unweit der großen Stadt. Die Familie züchtete neben Rindern, Schafen und Ziegen auch mit großem Erfolg die alte Pferderasse der arabischen Berber.

Auch Salim war eine unglaubliche Tierliebe in die Wiege gelegt worden. Von seinen Großeltern und Eltern lernte er mit den Tieren umzugehen und es wurde ihm das umfangreiche Wissen über sie gelehrt. Schon als Salim ein kleiner Junge war, favorisierte er Pferde. Er half dabei, Fohlen auf die Welt zu bringen, mistete die Ställe aus, versorgte die Tiere bei Gesundheit und auch, wenn sie krank waren. Er lernte schnell, gern und viel. In der westlichen Welt würde man ihn heute wohl als „Pferdeflüsterer" bezeichnen. Salim liebte die Pferde und die Tiere liebten ihn.

Tiere sind so unglaublich, dass wir Menschen ihnen oft nicht die Anerkennung dafür zollen, wie großartig sie sind. Eine ihrer am meisten unterschätzten Eigenschaften ist ihre Fähigkeit, starke Bindungen mit Menschen einzugehen.

Als Salims Eltern alt wurden und ihm den landwirtschaftlichen Betrieb übergaben, konzentrierte sich der erfahrene Mann voll und ganz auf die Pferdezucht. Er züchtete und verkaufte jedoch die Berber nicht nur, sondern nahm auch alte und kranke Tiere auf. Anfangs war sein Vater noch skeptisch, doch der Erfolg seines Sohnes gab ihm Recht. Salims Ruf war zwischenzeitlich so weitreichend, dass er gänzlich von der Pferdezucht leben konnte.

Auch sein Gnadenhof für die alten Tiere war stattlich angewachsen. Einige Tiere rettete er sogar vor dem Einschläfern und pflege sie entgegen jeglicher Hoffnung seitens der Tierärzte gesund. Das klappte natürlich nicht immer, und deshalb war Salims Freude bei jedem Erfolg riesig groß. Wenn ein für todkrank erklärtes Tier Wochen später auf der Koppel umherlief, dankte er Gott für dieses Wunder. Das war der Lohn, der ihn glücklich machte. Der Pferdewirt konnte sich an herumtollenden Pferden nicht sattsehen. Wenn sie über die weitläufigen Weiden galoppierten und ihre Mähnen im warmen Wind wehten, lachte sein Herz.

Salim war gerade 48 Jahre alt geworden, als sich seine Wege mit dem eines ganz besonderen Pferdes kreuzten. Der gewiefte Pferdezüchter hatte sich zwischenzeitlich auch als Geschäftsmann etabliert. Das war als Christ in einem muslimischen Land gar nicht so einfach. Doch Salims freundliche und ehrliche Art, gepaart mit seinem Fachwissen über Pferde, war gefragt und wurde honoriert. Nach dem Tod seiner Eltern hatte er neben der Pferdezucht und dem Gnadenhof auch einen Großhandel für Pferdefutter und Reitzubehör aufgebaut. Salim hatte viele Stammkunden und war sowohl in seiner Gemeinde als auch in den umliegenden Städten bekannt, geschätzt und beliebt.

An dem Tag, an dem alles begann, saß er in seinem Büro und erledigte Papierkram. Er ordnete Rechnungen, führte ein paar Telefonate und freute sich außerordentlich über einen telefonisch zugesicherten Großauftrag. Ein Lächeln huschte über Salims Gesicht. Lange hatte er um diesen Großkunden geworben. Jetzt endlich war es soweit. Sein Angebot wurde dem seiner Konkurrenten vorgezogen. Das Auftragsvolumen würde sich ab dem nächsten Monat um mehr als 20 Prozent erhöhen.

„Das ist ein Grund zum Feiern", sagte er leise zu sich selbst.

Sein Blick wanderte über diverse gewonnene Pokale und an der Wand hängende Urkunden vorbei zur großen Wanduhr. Es war kurz vor Ladenschluss.

Das Büro war ein Nebenraum des großen Ladengeschäfts. Durch eine Seitentür betrat der Geschäftsmann die Verkaufsräume, huschte durch die Regale zur Kasse und schnappte ein paar Wortfetzen eines Gesprächs zwischen einem Kunden und seinem Verkäufer auf. Er hörte nur die Worte: „Fohlen, einschläfern, krank!"

Salim bekam Gänsehaut, verharrte für einen Moment und gesellte sich zu den beiden Männern. Höflich stellte er sich vor. „Salam Aleikum", grüßte er und ergriff sofort das Wort. „Entschuldigen Sie, wenn ich das Gespräch unterbreche, aber ich habe im Vorbeigehen etwas über ein Fohlen und Einschläfern gehört. Darf ich ein paar Hintergründe erfahren?"

Der Kunde, ein älterer Herr, war Salim nicht sonderlich sympathisch. Er war mit einem leinenen Djellaba Kaftan bekleidet und trug Ledersandalen. Eine Ray Ban Sonnenbrille war über das grau melierte, schüttere Haar nach oben geschoben. Am linken Handgelenk glänzte eine teure Armbanduhr der Marke Rolex. Ob sie echt war oder ob es sich um

Markenfälschung handelte, interessierte Salim nicht. Lediglich das protzige Getue störte ihn. Die Augen des Kunden lagen eng zusammen und der Blick war stechend. Es schien so, als würde es ihn ärgern, dass Salim ihn während einer Unterhaltung unterbrochen hatte.

„Salam Aleikum", grüßte er zurück, zeigte allerdings keine Spur von Freundlichkeit.

„Das ist der Besitzer des Ladens", stellte der Verkäufer Salim vor.

Wie auf Knopfdruck erhellten sich plötzlich die Gesichtszüge des Kunden. Leicht anbiedernd lächelte er und machte eine abfällige Handbewegung. „Ach", stöhnte er, „ich habe nur von meinem Pech erzählt. Eines meiner Pferde war hochträchtig und krank. Die Stute brachte ein schwaches Fohlen zur Welt und starb eine Stunde nach der Geburt.

Das neugeborene Fohlen ist schwach, scheint fast nichts sehen zu können, frisst kaum und ist kränklich. Es kostet mich nur unnötig Geld. Sprechen wir lieber über etwas Schöneres."

Er deutete auf ein paar Säcke Pferdefutter, wobei drei von ihnen Sportpferdefutter für Hochleistungssport waren. Zudem lag noch etwas Zaumzeug neben den Säcken. „Wenn ich noch zwei Säcke drauf packe, können Sie mir doch mit dem Preis entgegenkommen? Ihr Verkäufer ist sehr hart im Verhandeln. Schön, dass Sie jetzt hier sind."

Salim betrachtete die Ware, kalkulierte blitzschnell im Kopf und nickte. „Wenn ich mir das Fohlen ansehen darf, lege ich einen Futtersack vom Sportfutter kostenlos drauf."

Der Kunde kniff die Augen zusammen und schien ebenfalls zu rechnen. „Wenn ich meinen Einkauf verdopple, bekomme ich dann drei Säcke zusätzlich?"

Salim war gewieft und hatte mit so etwas gerechnet. Er kannte das Geschäftsgebaren der Männer, die den alten Brauch des Handelns immer noch praktizierten, sehr gut. Als erfahrener Geschäftsmann wusste er, dass er zum Erfolg kommen würde, wenn der Kunde der Meinung war ein gutes Geschäft abgeschlossen zu haben.

„Bei doppelter Menge lege ich zwei Säcke Sportfutter und einen Sack Mineralfutter dazu und ich liefere die Ware kostenfrei zum Hof. Dort würde ich mir gerne das Fohlen ansehen."

Die Hand des Kunden schnellte nach vorn. Es war, als wollte er den Deal so schnell wie möglich abschließen, bevor Salim es sich anders überlegen konnte. „Einverstanden."

In der Hoffnung, das Fohlen mitnehmen und retten zu können, hatte Salim die Ware etwas später auf den Pferdeanhänger geladen und fuhr kurz darauf los.

Als er an der Farm des Kunden ankam, wurde er schon erwartet. Während das Futter von einem der Farmarbeiter abgeladen wurde, gingen Salim und sein Kunde zu den Ställen.

Auf der Koppel standen ein paar stattliche Tiere. Voller Stolz erzählte der Farmbesitzer vom Erfolg seiner Tiere. Er führte Salim entlang der Koppel, vorbei an gut ausgestatteten Boxen, bis zu einem kleinen Verschlag. Salim erschrak, als er dort unter einem Schatten spendenden blechernen Dach das abgemagerte Fohlen auf der mit etwas Stroh bedeckten Erde liegen sah.

„Hier ist dieser kranke Klepper. Ich schätze, die Tierarztkosten fürs Einschläfern kann ich mir sparen. Es wird die nächste Woche nicht überleben", sagte der Farmbesitzer kalt und emotionslos.

Salim ging zu dem Fohlen und kniete sich neben ihm hin. Seine Gefühlswelt fuhr Karussell. Mitleid mit dem Tier und Wut auf die Herzlosigkeit des Mannes, der hinter ihm stand, wechselten sich ab. Er strich dem Fohlen über den Kopf, streichelte über die Stirn, beugte sich nach vorn und flüsterte ein paar Worte in das Ohr des Tieres. Die Hände wanderten schließlich über den Rücken bis zum Bauch des kranken Fohlens. Er tastete, nickte dabei immer wieder wortlos, als ob er etwas feststellte, das nicht zu sehen war und als er mit seiner Untersuchung fertig war, stand der Geschäftsmann auf und sagte entschlossen: „Ich kaufe dir das Pferd ab."

Ein erstaunter Blick, wieder die zusammengekniffenen Augen und schließlich ein abwägendes Lächeln waren bei dem Besitzer des Tieres zu sehen. Er schien fieberhaft darüber nachzudenken, ob er bei dem Fohlen etwas übersehen hatte. Im Kopf des Pferdezüchters ratterte es. Stirnfalten bildeten sich, als er nachdachte.

Konnte man tatsächlich noch Geld mit dem kranken Tier verdienen? Nun, es war ein reinrassiger Berber. Der Verlust des Muttertieres war schon bitter. Bereits eine günstige, mittelmäßig gute Stute kostet auf dem europäischen Festland um die 9.000 €, Tendenz aufsteigend. Das entspricht ungefähr 100.000

Marokkanischen Dirham. Was das Fohlen betrifft, würden die Kosten für das Einschläfern auch nochmal etwas Geld kosten. Das junge Tier war definitiv zu schwach, um zu überleben und somit konnte er ausschließen, dass es zur großen, kräftigen Berberstute heranwächst.

Er kratzte sich verlegen am Kinn und sagte zu Salim: „Sie wissen, dass das Tier bald sterben wird. Warum möchten Sie es kaufen?"

„Das ist meine Sache", entgegnete Salim und versuchte dabei so kalt und emotionslos wie möglich zu wirken.

Musternd wanderte der Blick des Farmbesitzers über das Fohlen. „Wenn wir einen Vertrag abschließen, wird es kein Geld zurückgeben", zischte er, als wäre er eine Schlange, deren Zunge die Worte hinausschleuderte.

Salim reichte ihm die Hand. „Ich möchte das Fohlen kaufen und übernehme damit auch das Risiko. Ich weiß, dass es bald sterben kann."

Der Farmbesitzer grübelte ein letztes Mal für ein paar Sekunden und murmelte leise: „Ein gesundes Fohlen kostet zwischen 50.000 und 80.000 Marokkanischen Dirham."

Salim überlegte nicht lange. Er wusste, dass er schnell handeln musste, wenn er dem Pferd helfen wollte. „Ich zahle 10.000 Marokkanische Dirham. Nicht mehr und nicht weniger. Schlagen Sie ein oder lehnen Sie ab. Ich werde jetzt fahren", bluffte er und ergänzte: „Entweder mit oder ohne …", deutete er auf das Fohlen ohne den Satz zu beenden. In seiner Stimme lag kein einziger Hauch von Zweifel. Die Summe, die Salim für das kranke Tier bot, war viel Geld für ein Pferd, das bald sterben würde und wenig Geld für ein Berberfohlen. Zumindest, wenn es kräftig und gesund heranwachsen würde.

Der Farmbesitzer musterte erst Salim, warf einen verhohlenen Blick auf dessen ausgestreckte Hand, betrachtete das Fohlen und schlug ein. „10.000 Dirham. Einverstanden. Es gehört Ihnen."

Bereits auf dem Rückweg hielt Salim bei einem befreundeten Tierarzt an, der das Fohlen eingehend untersuchte. Er riet ihm schließlich, das Tier zur neu eröffneten Veterinärklinik zu bringen, da es dort das beste Equipment und eine „rund um die Uhr Betreuung" gab.

Salim beherzigte den Ratschlag und fuhr direkt in die Stadt. Nachdem der Tierfreund alles erledigt hatte, kam er erst spätabends nach Hause. Er berichtete seiner Familie von dem Fohlen und bekam von ihnen die erhoffte psychische Unterstützung. Für die Behandlung musste der Geschäftsmann nochmals viel Geld bezahlen. Das war Salim egal. Ihm ging es um das Wohl des armen Tieres.

Als er das Fohlen nach zwei Wochen Tierklinikaufenthalt abholte und zu seiner Farm brachte, sah es schon besser aus. Es konnte stehen und hopste, zwar schwach aber erkennbar glücklich, umher.

Der behandelnde Tierarzt hatte Salim allerdings nur wenig Hoffnung gemacht. Er war der Ansicht, dass das Tier nur wenige Monate leben würde. Seiner Ansicht nach könne es mit viel Glück vielleicht ein oder maximal zwei Jahre alt werden. All das war Salim egal. Er würde sich um das Fohlen kümmern und es mit Liebe aufziehen.

„Und wenn ihm auf dieser Erde nicht mehr Zeit geschenkt wird, soll es sein kurzes Leben genießen", sagte er und seine Familie stimmte zu.

Das Fohlen erhielt den Namen Kala, das so viel wie Sonne bedeutete. Salim war mehrmals täglich bei Kala und das Fohlen wuchs heran. Bereits nach einem Jahr merkte man der Berberstute nicht mehr an, dass sie ein schwaches und schwerkrankes Fohlen war, das kurz vor dem Tod stand. Kala und Salim waren unzertrennlich. Es war, als ob ein unsichtbares Band beide zusammenhielt.

Entgegen allen tierärztlichen Prognosen wurde Kala schließlich zwei, dann drei und vier Jahre alt und statt zu sterben, wurde sie immer kräftiger und schöner. Sie war mit fünf Jahren der wahre Sonnenschein in Salims Gestüt und wurde so ihrem Namen mehr als gerecht.

Die Berberstute war verspielt, kräftig und majestätisch anzusehen. Sie folgte Salim auf Schritt und Tritt und der Farmer und Geschäftsmann konnte sich des Öfteren scherzhaft anhören, dass Kala sein Schoßhund sei.

Auf ihren damaligen Zustand befragt, antwortete Salim stets: „Ich habe mich so aufopfernd um Kala gekümmert, dass sie gar keine andere Wahl hatte, als am Leben zu bleiben, um vollkommen gesund und wunderschön zu werden."

Das Schicksal wollte es, dass Salim ein paar Jahre später so krank wurde, dass er sich aus dem Geschäftsleben zurückziehen musste. Seine Kinder übernahmen den gut laufenden Betrieb.

Auch die körperlich anstrengende Arbeit auf der Farm konnte er nicht mehr erledigen. Die Familie stellte einen Stallknecht an und Salim genoss seinen vorgezogenen Ruhestand.

Da Salim nicht mehr zum Stall ging, kehrte Kala das Ritual um. Morgens, wenn die Sonne noch nicht ihre volle Kraft hatte, trottete die Stute von den Stallungen zum Haus und wartete dort auf Salim. Beide verbrachten dann etwas Zeit miteinander, bevor das Pferd zur Koppel trabte.

Wenn die heiße Sonne abends am Horizont unterging, saß Salim oft auf der Veranda seines Hauses. Auch dann trottete Kala heran, schnaubte und beide ließen den Tag gemeinsam ausklingen.

Als Salim 65 Jahre alt war, brach er eines Tages im Garten hinter seinem Haus zusammen. Er war gerade dabei, leichte Gartenarbeiten zu verrichten, als es schwarz um ihn herum wurde. Das Aufschlagen auf dem Boden bekam er schon nicht mehr mit.

Seine Frau hatte den leblosen Körper kurz darauf gefunden und rief sofort um Hilfe. Es war Wochenende und die Kinder zu Besuch. Salims Söhne und seine Tochter kamen angelaufen und trugen ihren geliebten Vater ins Haus. Der Schock war sehr groß. Niemand hatte mit so etwas Schrecklichem gerechnet. Der herbeigerufene Arzt bestätigte schließlich, was alle schon befürchteten. Er fühlte den Puls und schüttelte den Kopf. „Ich kann leider nichts mehr für ihn tun. Er ist tot."

Die Trauer war groß, der Schmerz war unbeschreiblich. Salim war ein guter und beliebter Mann. Ihm wurde von arm und reich, von Muslimen, Juden und Christen gleichermaßen viel Respekt gezollt.

Entsprechend der Tradition ihrer Region begann die Familie unverzüglich mit den Bestattungsvorschriften. Salim wurde gewaschen und in ein Begräbnistuch gewickelt. Bereits einen Tag später lag er in einem schlichten Holzsarg und wurde zur Begräbnisstätte gebracht, die etwas abseits des landwirtschaftlichen Anwesens lag. Hier waren auch die Gräber von Salims Eltern, Großeltern, Ur- und Ur-ur-Großeltern. Jetzt war sein Grab ausgehoben.

Obwohl es sich um eine christliche Bestattung handelte, war der Andrang groß. Neben der Familie und entfernten Verwandten waren sehr viele Freunde, Geschäftsfreunde und Kunden gekommen. Alle wollten Salim die letzte Ehre erweisen.

Als sich der Leichenzug in Bewegung setzte und ein Priester am Grab seine Trauerrede halten wollte, hatte der Stallknecht enorme Probleme Kala ruhig zu halten. Die Berberstute war entgegen ihrem normalen Wesen sehr stürmisch. Sie wehrte sich gegen das Verbringen in den Stall und wirkte auf den Farmarbeiter wie ein Wildpferd.

Nachdem er es mit aller Mühe geschafft hatte, Kala in den Stall zu sperren, eilte er zum Leichenzug. Auch er wollte nicht fehlen und seinem verstorbenen Arbeitgeber die letzte Ehre erweisen. Hinter sich hörte er plötzlich dumpfe Schläge. Kala trat immer wieder mit ihren Hufen gegen die Holztür. Das Tor war alt und leicht marode, doch es erfüllte immer noch seinen Zweck. Allerdings war Kalas Kraft so stark, dass das Tor nach dem fünften oder sechsten Tritt aus den Ankern gerissen wurde und herausfiel.

Kala preschte los. Kräftig schnaubend stob es durch die Menschenmenge, die links und rechts zur Seite sprangen, um nicht von dem wild gewordenen Pferd umgerannt und schwer verletzt zu werden.

Der Wagen mit dem Sarg stand vor dem leeren Grab. Die Menschenmenge hatte sich etwas zurückgezogen. Alle starrten auf das scheinbar verrückt gewordene Pferd.

„Wir müssen es erschießen!", wurde aus der Menge gerufen.

„Fangt das Tier ein!", forderte jemand anderes.

„Betäubt das Pferd!", war zu hören.

Gemurmel und Raunen übertönten schließlich die Stimmen, als Kala den Sarg erreichte. Die Berberstute erhob sich und ließ ihre Vorderhufe auf den Sargdeckel fallen. Immer wieder schmetterte sie ihre Hufe gegen das Holz, das nach und nach splitterte.

Jeder, der Kala kannte, wusste, dass das Pferd alles andere als wild und gefährlich war. Es wurde vermutet, dass es ihren besten Freund vermisse und ihm instinktiv helfen wolle. Doch wie bringt man einem Tier bei, dass ein Mensch gestorben war?

„Sie muss den Leichnam sehen", brüllte jemand.

Der Stallknecht hatte schnell reagiert und war schon beim Heranstürmen von Kala zum Stall zurückgelaufen, um sich ein Seil zu holen. Mit dem stand er jetzt vor dem Tier. Er band eine Schlinge und wollte sie um den Hals des Pferdes werfen.

Mit einem lauten Krachen war der Sargdeckel endgültig geborsten und stand weit offen. Kala hörte augenblicklich auf zu treten und beugte sich ab. Sie schnupperte in den Sarg und wieherte laut.

Stille trat ein. Schockierte Gesichter waren zu sehen, als aus dem Sarg ein leises Wimmern zu hören war. Sofort liefen ein paar Männer zum Sarg. Sie glaubten nicht, was sie sahen.

„Er lebt!", war zu hören.

„Vater!"

Tumultartig umringten die Trauergäste den Sarg, um zu helfen. Freudentränen flossen.

„Einen Arzt, schnell!"

„Das ist ein Wunder", betete Salims vermeintliche Witwe.

Kala stand die ganze Zeit wie versteinert daneben. Sie ließ sich schließlich das Seil um den Hals legen und folgte dem Stallknecht wie ein Lamm, als er sie wegführte.

Später wurde festgestellt, dass es sich um kein Wunder und keine Zauberei handelte. So unglaublich Salims Geschichte auch ist, sie kann immer wieder passieren.

Das, was Salim widerfuhr, nennt man Scheintod (*lat. Vita reducta*). Da Salims Körper auch versteift war, nahm man an, dass die Leichenstarre eingetreten war. Vermutlich handelte es sich jedoch um eine mit dem Scheintod einhergehende Katalepsie.

Vereinfacht ausgedrückt war das ein medizinischer Zustand, der den Tod imitiert. Es trat ein Zustand ein, mit dem der völlige Verlust des Bewusstseins und sogar die Steife des Körpers miteinhergingen. So ein Ereignis ist zwar sehr selten, aber nicht unmöglich.

Dank der unglaublichen Bindung, die Kala und Salim hatten, spürte das Pferd, dass ihr Besitzer noch am Leben war. Es verhinderte durch das Zertrampeln des Sarges, dass Salim lebendig begraben wurde. Das ist eine Liebe, die über uns bekannte Grenzen hinausgeht.

Wer hätte gedacht, dass das schwache und schon aufgegebene Fohlen, eines Tages ihren Retter vor einem eigenen traurigen Ende bewahren würde?

Die Geschichte von Salim und Kala ist einzigartig und zeigt wie sehr ein Tier einen Menschen lieben kann. Tief in ihren Herzen bleiben Salim und Kala ewig verbunden.

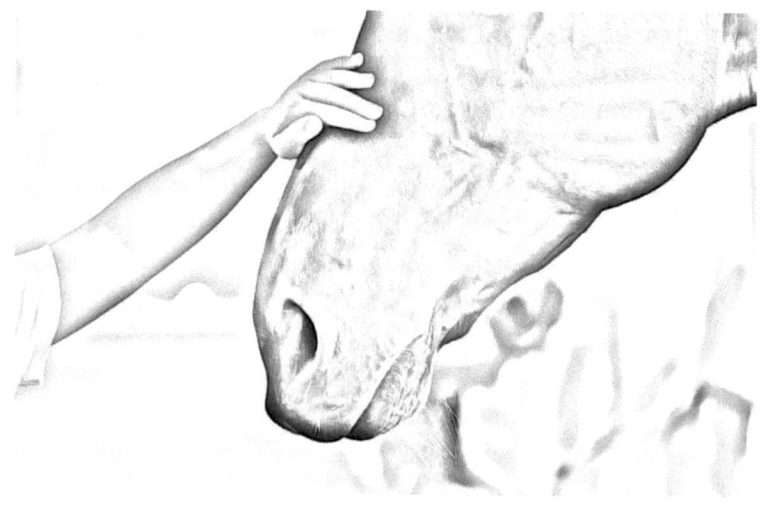

Es gibt viele Sprüche und Zitate über Pferde. Eines trifft bei der Geschichte von Kala und Salim besonders gut zu.

„Dein Hufschlag ist mein Herzschlag."

Das ist wahre Pferdeliebe und Verbundenheit zwischen Mensch und Tier.

Hundetreue trotz Todesgefahr

Wahre Freunde halten immer zusammen. Auch und vor allem in schlechten Zeiten. Wenn es jemanden richtig schlecht geht und Gefahr droht, beweist sich wahre Freundschaft. Dann zeigt es sich, wie tief und somit stabil diese Freundschaft tatsächlich ist. Ob es solche Freundschaften oder Verbundenheit auch in der Tierwelt gibt? Nun, ich bin bei meinen Recherchen auf eine Geschichte aus er Ukraine gestoßen, die von einer grenzenlosen Freundschaft zwischen zwei Hunden berichtet.

Die Ukraine gehört zu den flächenmäßig größten Ländern Europas. Der größte Teil des Landes fällt in die gemäßigte warme Klimazone. Insbesondere der Norden und Nordosten des Landes unterliegt oft dem Einfluss des Kontinentalklimas. Das bedeutet strenge Winter und warme Sommer. In den Übergangszeiten herrscht oft die sogenannte „Rasputiza", das so viel wie Wegelosigkeit heißt. Das ist die Schlammperiode in der

Schmelzzeit. Das bekamen schon die Soldaten der verschiedenen militärischen Eindringlinge, wie Napoleon und dessen Grand Armée oder im Zweiten Weltkrieg Hitlers Wehrmacht, zu spüren.

Der Frühling gilt allgemein hin als die beste Reisezeit für einen Besuch in die Ukraine. Ende April beginnen Pflanzen zu blühen und tauchen das weite, fruchtbare Land in eine bunte Farbenpracht mit sattem Grün.

Man muss kein Tourist sein, um diese Jahreszeit zu lieben. Auch Vladimir Kruschenko liebte den Frühling sehr. Der ukrainische Lehrer zog, wie beinah jeden Samstag, bereits frühmorgens los. Vladimirs Ausrüstung bestand aus etwas Proviant, einem Zelt, Wasser und seinem Fotoapparat. Seine Routen führten ihn durch Waldgebiete, Ackerland und Sumpf. Er übernachtete irgendwo im Freien und genoss die Wildnis des weiten Landes. Mit seinen Fotografien bereicherte er den Unterricht und machte Fächer wie Erdkunde oder Biologie interessant. Einige Fotos schafften es auch immer wieder in die Tageszeitung oder eine Illustrierte.

An diesem ereignisreichen Tag führte ihn seine Reise entlang der Eisenbahnschienen.

An diesem nicht elektrifizierten Streckenabschnitt fuhren vornehmlich Güterzüge. Schwere Dieselloks zogen die ewig langen und tonnenschwer beladenen Waggons.

Vladimir hatte bereits ein paar gute Aufnahmen gemacht und war schon jetzt mit dem Tag zufrieden. Er kreuzte die Schienen und entschloss sich, ihnen für zwei Kilometer zu folgen, bevor er in den Wald abbog. Es war heiß und er wollte durch den Wald bis runter zum Fluss. Dort wollte er schwimmen und sein Lager aufschlagen. Den Platz hatte er letzten Sommer entdeckt. Mit etwas Glück konnte er ja auch einen neugierigen Bären anlocken und ein paar Nahaufnahmen machen, bevor er ihn mittels einer lauten Fan-Tröte, wie sie von Fußballfans benutzt wurde, wieder verjagen würde.

Ein guter Plan, schoss durch seinen Kopf.

Vladimir schwitzte. Die Luft wärmte sich zusehend auf und er griff zu seiner Wasserflasche. Nach ein paar kräftigen Schlucken wollte er weitergehen, erkannte jedoch etwas auf den Schienen und verharrte. Etwas befand sich mitten im Gleisbett und bewegte sich nicht. Der Lehrer konnte nicht erkennen, um was es sich handelte. Er glaubte an einen Tierkadaver und marschierte neugierig auf seine Entdeckung zu.

Möglicherweise ist es ein Wanderer, der gestürzt ist und Hilfe benötigt, fuhr ihm als nächstes durch den Kopf. Aufgeregt beschleunigte er etwas und stockte kurz darauf abrupt. Dieses Etwas, das mitten im Gleisbett lag, hatte sich bewegt.

„Das ist definitiv kein Mensch", murmelte er. „Und natürlich auch kein totes Tier!"

Der Lehrer ahnte, dass er gebraucht wurde. Irgendetwas schien festzuhängen und der nächste Güterzug könnte jede Minute anrollen.

In Anbetracht dieser Gefahr begann Vladimir zu rennen und näherte sich schnell. Er erkannte, dass es sich um zwei Hunde handelte. Beide lagen mitten im Gleisbett.

„Weg da!", brüllte er und verlangsamte seinen Lauf nach und nach, bis er schließlich wieder normales Schritttempo hatte. Er keuchte. Dunkle Schweißflecke bildeten sich unter dem Hemd und dicke Schweißperlen rannen über seine Stirn und Wangen.

Jeder kennt das Geräusch, wenn sich ein Zug nähert. Erst ist es kaum wahrnehmbar, dann schwillt dieses schwere, dumpfe Brummen an und plötzlich rauscht es mit einer irrsinnigen Kraft an dir vorbei. Du spürst den Windzug und damit die Gewalt der vielen Tonnen Gewicht.

Und genau dieses leise und dennoch gewaltige Brummen hörte Vladimir in diesem Moment. Ein Güterzug würde binnen kürzester Zeit hier vorbeirauschen und alles niederwalzen, was sich auf den Schienen befand. Zwei Hunde waren für zigtausende von Tonnen Stahl kein Hindernis.

Der Lehrer wusste um den Sog, den ein vorbeifahrender Zug hatte und nahm etwas Abstand zu den Schienen.

„Weg da!", brüllte er panisch den beiden Hunden zu, doch sie hörten nicht auf ihn. Er zog sofort sein rotes Schweißtuch heraus und begann wie wild zu winken, um den Lokführer auf sich aufmerksam zu machen und zu einer Vollbremsung zu bringen. Vladimir wedelte wie wild mit Armen und dem Tuch. Er schwenkte es herum, als ob es um sein eigenes Leben ging. Dazu brüllte er aus Leibeskräften: „Halt! Stopp!", obwohl er wusste, dass ihn der Lokführer nicht hören konnte.

Es kam, wie es kommen musste. Die Anhaltesignale von Vladimir wurden nicht gesehen und wenn, dann missachtet. Der Güterzug fuhr zwar aufgrund der tonnenschweren Fracht wesentlich langsamer als ein moderner Personenzug, doch er hielt unvermindert seine Geschwindigkeit.

Der Lehrer schloss die Augen. Er konnte den Anblick nicht ertragen, wenn die Lok die beiden Hunde erfassen und töten würde. Er zitterte am ganzen Körper, als der Güterzug an ihm vorbeirauschte.

Tsch…damm damm … tsch…damm damm

Schier minutenlang musste er dieses Geräusch ertragen, bis endlich der letzte Waggon vorbeigefahren war. In Vladimirs Hals hatte sich ein dicker Kloß gebildet. Das Schlucken fiel im schwer. Er wusste, dass ihm eine traurige Aufgabe bevorstand. Er musste die Kadaver der toten Tiere bergen und sie vergraben. Hoffentlich war das Bild nicht zu grausam. Tränen schossen in die Augen des Tierliebhabers.

Tsch…damm damm … tsch…damm damm

Unaufhörlich rumpelten die schwer beladenen Waggons des langen Güterzuges an ihm vorbei. Gedanken rasten durch den Kopf des Lehrers.

Wenn die Hunde ein Halsband mit Hinweis auf den Besitzer tragen, werde ich ihn aufsuchen, nahm er sich vor. Der letzte Waggon rauschte vorbei. Je weiter sich der Zug entfernte, desto ruhiger wurde es.

Vladimir blickte nach vorn. Der Lehrer glaubte eine Fata Morgana zu sehen. Die Sonne stand hoch und es war herrlich warm, doch es herrschte keine flirrende Hitze. Es musste eine Sinnestäuschung sein. Er musste sich getäuscht haben. Vielleicht noch ein letzter Windzug der schwer beladenen Waggons?

„Nein!", stieß Vladimir aus und war sich sicher, dass die Hunde lebten. „Ein Wunder", presste er kaum hörbar über seine Lippen.

Die beiden Hunde im Gleisbett bewegten sich. Einer lag auf den Schwellen und hob den Kopf, der andere war aufgestanden und stellte sich hin. Er hob die Schnauze etwas an und witterte in Vladimirs Richtung. Es waren Mischlingshunde. Als der Zug über sie hinwegrauschte, hatten sie sich flach hingelegt und verharrten so lange, bis der gesamte Güterzug über sie hinweg gefahren war. Scheinbar haben es beide ohne Verletzungen überstanden. Als der Lehrer nur noch wenige Meter Abstand zu den Hunden hatte, ging ihm der stehende Hund ein kleines Stück entgegen, zog die Lefzen hoch und knurrte. Er gab Vladimir zu verstehen, dass hier Schluss war.

Grrrr …

„Alles gut", flüsterte der Lehrer leise und mit beruhigender Stimme. Er blieb stehen und mit einem weiteren Knurren, machte er auch einen Schritt zurück. „Ich bin euer Freund. Was ist denn los?", sprach Vladimir mit gedämpfter Stimme, als ob der Hund ihn verstehen könne.

Nachdem er noch zwei Schritte nach hinten gemachte hatte, drehte sich der Hund um und ging zu dem zweiten Hund zurück. Jetzt erkannte Vladimir, dass der zweite Hund verletzt war. Er schien sich nicht bewegen zu können und war offensichtlich nicht dazu in der Lage aufzustehen, um das Gleisbett zu verlassen.

„Um Gottes Willen", entfuhr es ihm. Was mussten diese beiden Hunde wohl für Ängste erlitten haben, als der lange Güterzug über sie hinwegrollte? Und womöglich war es gar nicht der erste Zug. Wie lange würde das wohl schon so gehen? Diese armen Tiere.

Der Lehrer bewunderte die Treue des gesunden Tieres. Es blieb bei seinem Freund und beschützte ihn. Selbst in der

Todesgefahr eines sich nähernden Zuges wich er dem verletzten Kameraden nicht von der Seite.

Vladimir wusste, dass er sich nicht selbst nähern konnte, ohne gebissen zu werden. Er zückte sein Mobiltelefon. Ein hoffnungsvoller Blick auf das Display. Er hatte Empfang. Schnell tippte er die Nummer eines Notrufes ein und versuchte die Örtlichkeit so gut wie möglich zu beschreiben.

Es dauerte länger als eine Stunde, bis ein kleines Rettungsteam vor Ort war. Es bestand aus einem Tierarzt und einer Helferin. Mittels einer Stange mit Schlinge wurde der beschützende Hund eingefangen und in eine Hundebox gesperrt. Das verletzte Tier war weniger aggressiv. Vielleicht war es auch nur zu schwach dafür.

„Ein Bruch. Mit hoher Wahrscheinlichkeit wurde der Hund von einem Zug erfasst. Ich habe ihm ein Schmerzmittel gespritzt und bringe die Tiere in meine Praxis", erklärte der Tierarzt Vladimir. „Ich werde ihn noch heute operieren."

„Danke."

„Sind das Ihre Hunde?", wollte die Helferin wissen und notierte sich Vladimirs Namen und Adresse.

„Nein", schüttelte er den Kopf. „Ich habe sie nur gefunden."

Sie lächelte. „Ein Glück für die Tiere."

Der Tierarzt schloss die Heckklappe seines geländegängigen Wagens. „Ein treuer Hund. Er hat seine Freundin beschützt! Das ist wahre Liebe", grinste er.

Kaum eine Minute später rollte der nächste Güterzug an dem Rettungsteam vorbei. Voller Achtung und dessen bewusst, wie gefährlich das Handeln des gesunden Hundes war, blickten sie auf die dahinrauschenden Waggons.

Tsch...damm damm ... tsch...damm damm

Vladimir zeigte auf den Wagen des Tierarztes. „Sie operieren, ohne zu wissen, ob Sie die Kosten erstattet bekommen?"

Ein zustimmendes Nicken. „Es ist ein junger Hund, der noch ein paar schöne Lebensjahre vor sich hat. Ich bin Tierarzt geworden, um den Tieren zu helfen. Wenn ich auf den Kosten sitzen bleibe, ist das eben so."

Der Lehrer grübelte, kratze sich am Hinterkopf und meinte: „Ich habe da eine Idee. Könnten Sie sich mal zu den Schienen stellen? Ich möchte gerne ein Foto machen."

Am nächsten Tag war im Lokalteil der Tageszeitung ein größerer Artikel abgedruckt. Es ging um Tierliebe, Treue, Mut und einen Tierarzt mit einem großen Herz für Tiere.

Am Ende des Artikels wurde darum gebeten, Hinweise auf die Besitzer zu geben. Zudem gab es einen Spendenaufruf, um die Operation zu finanzieren.

Wenige Tage später war der Besitzer der Tiere gefunden. Sie stammten aus dem Nachbarkreis. Bekannte hatten die Geschichte in der Zeitung gelesen und den Besitzer angerufen.

Die Hunde waren bei einem Spaziergang auf eine Wildfährte gestoßen und ihm davongelaufen. Trotz intensiver Suche wurden sie nicht gefunden. Nachdem sie auch am nächsten Tag nicht nach Hause zurückgekehrt waren, hängte er in der näheren Umgebung Suchzettel aus, die jedoch wenig Erfolg versprachen.

Nach dem Hinweis seiner Bekannten, fuhr er sofort zur Tierarztpraxis. Voller Freude wurde der ältere Herr von seinen Hunden begrüßt. Die Operation zahlte er gerne und legte auch noch etwas in den Spendentopf. „Das ist für alle Tiere, die Sie behandeln und kein Geld dafür bekommen", verabschiedete er sich.

Wie stark Treue und Liebe sein kann, bewies dieser Mischlingsrüde aus der Ukraine. Er ließ trotz Todesgefahr seine verletzte Freundin nie allein.

Der Rüde ließ die verletzte Hündin zu keiner Sekunde auf den Schienen alleine, obwohl er selbst große Angst hatte. Das nenne ich wahre Freundschaft.

Jikitaya, der Jaguar

Der Amazonas ist mit ca. 6788 Kilometern Länge der längste Fluss der Erde und zugleich auch der Hauptstrom des größten Fließgewässersystems unseres Planeten. Gespeist wird er von mehr als 10.000 Nebenflüssen, wobei einige von ihnen selbst über 1600 Kilometer lang sind.

An der Mündung in den Ozean erreicht der Strom eine Breite von über 300 km. Im Landesinneren ist der Amazonas während der Trockenzeit rund 20 km und bei Hochwasser bis zu 48 Kilometer breit.

Selbst die Gezeiten wirken sich auf den Amazonas aus und sind bis zu 700 Kilometer landeinwärts wahrnehmbar.

Bei Vollmond und bei Neumond rollen bis zu fünf Meter hohe Wasserwellen den Fluss hinauf. Die am Ufergebiet lebenden Indianer nennen dieses Phänomen respektvoll *Pororocá*, donnerndes Wasser.

Amazonien, wie das Gebiet des gigantischen Stromes genannt wird, ist an Lebensvielfalt von Flora und Fauna eine der reichsten Regionen der Erde. Die beeindruckende Schönheit der Natur fesselt jeden Besucher. Leider hat der Reichtum an Bodenschätzen und Tropenholz auch seine Nachteile. Goldsucher und Holzwirtschaft zerstören nicht nur die einzigartige Natur, sondern vertreiben auch die Ureinwohner und viele Tierarten. Das Land wird durch diesen Raubbau an der Natur für Jahrzehnte, wenn nicht gar Jahrhunderte, zerstört.

Ein großer Teil von Amazonien gehört zu Brasilien. Um diesem verbrecherischen Treiben Einhalt zu gebieten, hat die brasilianische Regierung damit begonnen, Soldaten im Amazonasgebiet einzusetzen. Die tapferen Männer und Frauen der brasilianischen Armee streifen seit ein paar Jahren durch das Regenwaldgebiet. Sie schützen das Land, die Bewohner und die Tiere. Sie stellen kriminelle Goldsucher, stoppen illegale Rodungen und werden auch bei Löscharbeiten eingesetzt, wenn große Waldflächen durch unerlaubte Brandrodung Feuer gefangen haben.

Einer dieser Soldaten war Gabriel Alves. *(*Anmerkung des Autors: die Namen der Personen sind frei erfunden – Ähnlichkeiten mit den realen Namen der Retter des Jaguars wären Zufall)*

Der junge Mann hatte es in seinem Leben bisher weit gebracht. Gabriel stammt aus den Favelas von Rio de Janeiro und niemand aus seinem Umfeld hätte es ihm jemals zugetraut, aus dem Armenviertel auszubrechen. Er folgte seinem Traum, besuchte eine Schule und wurde schließlich Soldat. In der Armee arbeitete er sich schnell bis zum Unteroffizier hoch. Er war Sergeant in der brasilianischen Armee, ein *Terceiro-Sargento*.

Als Kind einer Favela wusste Gabriel genau, was es bedeutete, schwierige Situationen zu überstehen und er wusste ebenso, dass es auch besonders schwere Lebenslagen gibt, die man ohne fremde Hilfe nicht meistern kann, schlimmstenfalls nicht überleben würde.

Er war stolz auf sein Land, stolz auf die Schönheit des Landes und stolz, diesem Land als Soldat zu dienen, um es zu schützen.

Es war an diesem Tag drückend heiß. Sergeant Gabriel Alves führte seine Gruppe durch den brasilianischen Regenwald. Vom Hauptquartier war der Funkspruch gekommen, dass sich in ihrem Streifengebiet ein paar Goldsucher aufhalten sollen. Indianer hatten sie entdeckt und den Vorfall gemeldet. Angeblich waren die Männer mit einem Boot unterwegs und flussaufwärts weitergefahren. Sergeant Alves hatte den Auftrag erhalten, die Eingeborenen aufzusuchen, sie zu vernehmen und der Spur der Goldsucher zu folgen. Illegale Goldsucher zerstören durch radikale Grabungen die Natur und vernichten dadurch wertvollen Lebensraum für die Tiere und die dort lebenden indigenen Völker.

„Die Mücken sind heute aggressiv", fluchte Maria Da Silva, klatschte sich mit der flachen Hand ins Gesicht und betrachtete ihre erlegte Beute. Die Soldatin ging ein paar Schritte hinter Gabriel und streifte die tote Mücke an der Uniformhose ab.

Wortlos griff Gabriel in seine linke Brusttasche und zog ein kleines Spray heraus. „Hier", sagte er und reichte es Maria.

„Sprüh´ dich damit ein. Stinkt wie die Hölle, aber die Mücken mögen es nicht."

Nach ein paar Pumpstößen gab sie das Antimücken-Mittel zurück. „Dankeschön, Gabriel. Auch wenn das Zeug hilft, müssen wir bei Dämmerung zurück sein, sonst kommen die großen Mückenschwärme und fressen uns auf", schimpfte sie.

Gabriel lachte. „Das ist der Dschungel."

Von hinten fragte Korporal Luiz Sosa: „Wie weit ist es noch? Der Pororocá scheint vorbeigezogen zu sein. Wenn die große Welle weg ist, sind die Goldsucher garantiert auch weg. Ich schätze, sie haben am Ufer nur Schutz vor der Flutwelle gesucht."

Gabriel hob die Hand und gab damit Zeichen zum Stehenbleiben. Er wischte sich mit dem Ärmel seiner Uniform Schweißtropfen von der Stirn. Dann zog der Sergeant eine Landkarte aus der Seitentasche seiner Hose, klappte sie auf und ließ den rechten Zeigefinger umherwandern. Er fand, was er suchte, und der Finger zeigte auf einen bestimmten Punkt.

Ein paar Affen hockten im dichten Grün der Bäume und betrachteten die uniformierte Gruppe. Vögel gaben verschiedene Laute von sich und etwas huschte durchs Unterholz.

„Noch zweihundert Meter, dann sind wir am Ufer und genau an der Stelle, die uns die Eingeborenen beschrieben haben."

Maria nahm einen Schluck Wasser. Wenn Gabriel sagte, dass sie richtig waren, waren sie richtig. Der Sergeant schien mit dem Dschungel verwachsen zu sein, obwohl er nicht hier, sondern in Rio de Janeiro aufgewachsen war.

„Ab jetzt keinen Laut mehr. Macht die Waffen klar. Wenn sie noch da sein sollten, möchte ich sie überraschen."

Die Schusswaffen wurden geprüft und für den Notfall entsichert. Jeder aus der Gruppe war bereit, sich zu verteidigen und seinem Vorder- oder Nebenmann Deckung zu geben, falls die Goldsucher bewaffneten Widerstand leisten würden.

Gabriel wartete, bis alle fertig waren und gab dann erneut ein Handzeichen. Wortlos bewegte sich die Gruppe in Richtung des Ufers weiter. Sie versuchten, sich so lautlos wie möglich zu bewegen und näherten sich dem vermutlichen Lagerplatz.

Als der Amazonas vor ihnen auftauchte, war der Anblick faszinierend. Vor ihnen floss der wohl berühmteste Strom der Welt in Richtung Ozean. Der gewaltige Fluss führte Hochwasser.

Es war, wie Korporal Sosa es vermutet hatte. Die große Welle war längst vorbeigedonnert, zog aber enorme Wassermassen nach sich. Von den Goldsuchern war, außer einen verlassenen Lagerplatz und zwei leeren Konservendosen, nichts mehr zu sehen.

Sosa kniete vor einem abgebrannten Lagerfeuer und griff in die Asche. „Kalt. Sie sind schon länger weg."

Maria sah auf den Fluss. „Wenn sie gleich nach der Welle losgefahren sind, haben sie ziemlichen Vorsprung."

Gabriel machte sich Notizen.

Maria verharrte. „Da ist was!" Ihre ausgestreckte Hand zeigte aufs Wasser.

Sofort stellte sich die ganze Gruppe Soldaten am Ufer auf. Voller Entsetzen beobachteten sie, wie ein junger Jaguar in den Fluten des Hochwassers um sein Leben kämpfte.

„Wir müssen etwas tun?", rief Maria schrill. Ihre Stimme überschlug sich. Hilfesuchend sah sie Gabriel an.

„Jetzt ist er untergegangen", brüllte Luiz Sosa.

Maria hielt sich die Hände vor die Augen. „Oh mein Gott, das ist doch noch so ein junges Tier. Wie schrecklich! Wir müssen etwas tun!", wiederholte sie.

„Er taucht wieder auf!", schrie ein junger Soldat aufgeregt und zeigte auf den schwimmenden Jaguar.

Gabriel Alves wusste, dass die Großkatze seit den 1970er Jahren auf der Liste der bedrohten Tierarten des Washingtoner Artenschutz-Übereinkommens steht. Der Sergeant erkannte, dass die Kräfte des Jungtieres immer mehr schwanden. Die große Flutwelle musste den Jaguar mitgerissen haben. Immer wieder tauchte der Kopf der Raubkatze unter Wasser. Sie drohte zu ertrinken und schaffte es mit eisernem Überlebenswillen immer wieder, kurzfristig den Kopf über die Wasseroberfläche zu heben. Luft wurde eingesogen.

Gabriel reagierte. Er konnte die Szene nicht weiter tatenlos mitansehen. Er warf sein Gewehr zur Seite, öffnete das Koppel,

zog Stiefel, Hose und Uniformjacke aus und sprang mutig ins Wasser.

„Helft ihm! Bildet eine Kette, damit der Sergeant nicht abgetrieben wird!", forderte Korporal Sosa und schlüpfte ebenfalls aus der Uniform. Maria stapfte sofort ins Wasser. Ihr war es egal, ob die Uniform nass wurde. Drei weitere Soldaten folgten ihr sofort. Die Gruppe bildete eine Menschenkette. Zur Sicherung hielten sie sich an den Händen. Der vorderste Soldat war auch der Größte. Das Flusswasser reichte ihm bis über die Brust.

Gabriel schwamm mit starken Zügen gegen die Strömung an und näherte sich dem jungen Jaguar.

„Los! Du schaffst es!", wurde er angefeuert.

„Sergeant, Sergeant!", kam es von ein paar Männern in wiederholten Sprechchören.

Gabriel spürte die Kraft des Wassers. „Halte durch!", keuchte er dem ertrinkenden Tier entgegen. Gedankenblitze tauchten auf. Würde das wilde Tier sich gegen die Rettung wehren? In ihm eine Gefahr sehen und zubeißen? Würde die Raubkatze mit ihren scharfen Krallen durch sein Gesicht fahren und ihn verletzten? Konnte er vielleicht dadurch ein Auge verlieren?

Der Soldat schluckte Wasser und spuckte es hustend aus. Er verwarf die Gedanken genauso schnell, wie sie gekommen waren und zog seine Arme noch kräftiger als zuvor durch die Wellen des Amazonas.

Als ob der junge Jaguar den Rettungsversuch erkannte, gab er seine letzten Kräfte und versuchte dem Menschen, seinem einzigen Feind im gesamten Amazonasgebiet, entgegen zuschwimmen.

„Sergeant … Sergeant!", spornte ihn seine Gruppe weiter an.

Alves spürte, wie er schwächer wurde, biss die Zähne zusammen und schwamm weiter.

Noch drei Meter, noch zwei. In wenigen Augenblicken würden zwei ungleiche Lebewesen, die sich in freier Wildbahn als Feinde betrachteten, zusammentreffen.

Der Moment, als Sergeant Gabriel Alves nach dem Jaguar griff, war für ihn unbeschreiblich. Er packte das völlig entkräftete Tier wie eine Katze im Nacken, genau in dem Moment, als es wohl seine allerletzte Kraft verloren hatte und unterging. Mit einem kräftigen Zug hievte er den Jaguar mit dem Kopf übers Wasser, drehte sich auf den Rücken und legte den Kopf auf seine Brust. Der Jaguar bewegte sich nicht mehr und ließ alles mit sich geschehen. Die Augen der Großkatze starrten ihren Retter an, der rückenschwimmend versuchte, das Ufer zu erreichen.

Gabriel hatte enormen Respekt vor dem Tier. Jaguare haben lange, gefährliche Eckzähne und von allen Raubkatzen das kräftigste Gebiss. Ihre Beißkraft ist doppelt so groß, wie die eines Löwen. Doch dieses Jungtier war in diesem Moment alles andere,

als gefährlich. Es lag ruhig auf der Brust des Soldaten und ließ sich durchs Wasser ziehen.

Zwei Soldaten schwammen ihrem Sergeanten entgegen und unterstützten ihn beim Zurückschwimmen, bis sie die kleine Menschenkette erreicht hatten und der starke Arm des großen Soldaten sichernd zugriff. Am Ufer legte Gabriel den Jaguar ab und setzte sich erschöpft daneben. Er keuchte. Sein Brustkorb hob und senkte sich mit jedem Atemzug.

„Du bist ein Held", jubelte Maria und traute sich, mit der flachen Hand über den Rücken des Tieres zu streicheln.

„Was machen wir mit ihm?", fragte Korporal Sosa.

Schweigen.

Alle starrten das geschwächte, reglos am Ufer liegende Tier an. Die Atmung war flach, aber konstant.

„Wenn wir ihn nicht mitnehmen, wird er entweder von einem Rivalen getötet oder noch schlimmer, von Wilderern gefunden." Maria verschränkte ihre Arme, um noch energischer zu wirken.

Sergeant Alves schlüpfte in seine trockene Uniform. Er hatte längst eine Entscheidung getroffen. „Funker", rief er den Mann mit dem Funkgerät zu sich. „Nimm Verbindung zur Basis auf.

Die Meldung lautet: Die Indianer wurden vernommen, die Spur der Wilderer haben wir bis zum Amazonas verfolgt. Sie sind weg, vermutlich flussaufwärts. Unserer Einsatzgruppe ist es gelungen, einen jungen Jaguar vor dem Ertrinken zu retten und aus dem Wasser zu ziehen. Das Tier ist hilflos. Wir bitten um Kontaktaufnahme und Information der örtlichen Behörden und nehmen den Jaguar mit! Wir kehren zurück. Ende des Funkspruchs."

Die Gruppe packte zusammen. Das schwache Tier wurde auf eine Tragedecke gelegt, die als Nottransportliege für etwaige Verletzte mitgeführt wurde. Beim Tragen wechselten sich die Mitglieder der kleinen Militäreinheit ab.

In der Basis angekommen, brachte man den Jaguar zu einem Tierarzt. Nach den erfolgten Untersuchungen traf die zuständige Behörde Wochen später die wohl einzigartige Entscheidung, dass

der wilde Jaguar bei der brasilianischen Armee und dort bei Sergeant Alves Gruppe bleiben durfte.

Ein Grund hierfür war wohl, dass sich der Jaguar längst an seine Retter gewohnt und Freundschaft mit ihnen geschlossen hatte. Ein Auswildern kam nicht mehr in Frage.

Die Raubkatze wurde auf den Namen Jikitaya getauft und war fortan das Maskottchen der Truppe. Jikitaya spielte mit seiner neuen Familie und begleitete sie wie ein Hund. Er trug sogar ein Halsband und ging an der Leine.

Jikitaya lebt immer noch bei seinen Rettern. Ihre Fürsorge und Liebe hatte ihn zu einem zahmen Raubtier gemacht.

Die Soldaten halfen dem gefährlichsten Jäger des Amazonasgebiets, indem sie sich todesmutig in die Fluten des Amazonas stürzten, um ihn aus dem Wasser zu ziehen.

Ein wertvolles Leben wurde gerettet. Das Leben eines Jaguars.

Sergeant Gabriel Alves hatte nicht nur seinem Land, sondern auch der Tierwelt einen großen Dienst erwiesen.

Ein Wolf namens „Ear"

Man hat lange hin und her überlegt, ob und wie lange sich Hunde und Wölfe an Erlebnisse oder Begegnungen erinnern können. Während manche Studien davon ausgingen, dass bei den Hunden und Wölfen Ereignisse innerhalb von zwei Minuten bereits wieder vergessen sind, belegen aktuelle Studien, dass diese Vierbeiner sehr wohl ein episodisches und ein deklaratives Gedächtnis besitzen. Das bedeutet, dass sie sich an Erlebtes und somit auch an Begegnungen aus ihrer Vergangenheit erinnern können.

Bei Wölfen ist das noch ausgeprägter als bei Hunden. Wenn ein Hund einen Besitzer wechselt, vergisst er den Vorbesitzer in der Regel irgendwann innerhalb der nächsten drei Jahre. Ereignisse oder auch wiederkehrende Gerüche aus dieser Zeit rufen aber eine Art Wiedererkennung hervor.

Kurzum, die Vierbeiner vergessen weder einen Menschen, der ihnen etwas Gutes noch einen Menschen, der ihnen etwas Schlechtes angetan hat. Vereinfacht ausgedrückt ist diese Gedankeninformation in ihrem Gehirn gespeichert und kann durch ein Erlebnis oder einen bestimmten Geruch eine Erinnerung hervorrufen.

Um genau so ein Erlebnis handelt es sich bei der Geschichte des Wolfes namens *Ear*.

75

Die Medizinstudenten Mark und Mary-Ann lernten sich an der Universität kennen und lieben. Sie wurden ein Paar, beendeten erfolgreich ihr Studium und erwarben erste praktische Berufserfahrungen in einer Klinik.

Hierbei verloren sie nie ihr Ziel aus den Augen: Sie hatten gemeinsam beschlossen, aufs Land zu ziehen, um damit einerseits ein Zeichen gegen die Landflucht der Bevölkerung zu setzen, die massiv in die Städte abwanderte, und andererseits wollten sie ihren Hobbies nachgehen. Der Jagd und der Naturfotografie. Als Jäger schossen sie zwar hin und wieder ein paar Wasservögel oder einen Hirsch, doch das auch nur dann, wenn die Tierpopulation zu stark zunahm und für die Natur schädlich wurde. Meistens war der Fotoapparat ihre Waffe.

Beide liebten die Tierfotografie über alles. Der Voyageurs-Nationalpark bot für ihr Hobby die besten Voraussetzungen. Das junge Ärzte-Ehepaar fand eine ausreichend bezahlte Anstellung in einem Krankenhaus und kaufte in der ländlichen Umgebung ein Haus. Dort richteten sie auch eine kleine Praxis ein, die sie neben der Krankenhausarbeit für die Dorfbewohner betrieben.

Wann immer sie Zeit hatten, wanderten sie durch den Nationalpark. Mary-Ann und Mark hatten es geschafft. Sie lebten ihren Traum.

Die Geschichte von Ear begann an einem herrlichen Herbsttag. Die Sonne hatte sich noch einmal angestrengt und warf ihre warmen Strahlen über den Voyageurs-Nationalpark in Minnesota. Mary-Ann und Mark waren wieder einmal mit ihren Kameras unterwegs.

„Wer braucht schon den berühmten Indian Summer der Ostküste", schwärmte der junge Arzt und deutete mitten ins Blätterdach. „Wir haben hier eine Farbenpracht, die mit der von New England problemlos mithalten kann."

Mary-Ann lachte. „Du könntest direkt einen Reiseführer für Minnesota schreiben."

Bei jedem Schritt, den sie machten, raschelte das Laub. Beide wussten, dass sie bei dieser von ihnen verursachten Geräuschkulisse garantiert kein Wild vor die Kamera bekommen würden. Es war ihnen egal. Sie hatten einen wunderbaren Tag verbracht und mittags auf einer Lichtung ein ausgedehntes Picknick genossen. Jetzt waren sie auf dem Weg zurück zu ihrem Auto.

„Hast du eigentlich morgen mit Dr. Lynn den Dienst getauscht?", fragte Mark.

Mary-Ann nickte. „Ja, ihre Mutter wird 75 Jahre alt und sie möchte sie überraschen und zur Feier nach Hause fahren."

„Nach New York?"

„Jep", bestätigte Mary-Ann. „Und Dr. Lynn übernimmt dafür nächste Woche den Freitag. Das heißt, ich kann mit zum Bowling."

„Klasse!", freute sich Mark und blieb stehen. Er glaubte, etwas gehört zu haben. „Warte mal", sagte er und lauschte. „Da war etwas. Hast du es gehört?"

Mary-Ann blieb stehen. Beide schwiegen. Außer dem Zwitschern von ein paar Vögeln war nichts zu hören. Mary-Ann schüttelte den Kopf. „Nein. Da ist nichts."

Mark hob die Hand, als wolle er ein Stop-Zeichen geben. „Ich bin mir sicher, dass da etwas war. Es klang wie ein Fiepsen."

Beide verhielten sich ruhig. Stille. Mary-Ann wollte abwinken und sagte, dass Mark sich bestimmt etwas eingebildet hatte, als auch sie ein leises Fiepsen wahrnahm. „Jetzt höre ich es auch."

Beide versuchten die Richtung zu lokalisieren. Schließlich deutete Mark nach rechts und ging los. Mary-Ann folgte ihm. Immer wieder blieben sie stehen, lauschten und versuchten, das

Geräusch zu orten. Nach ein paar Minuten hatten sie es tatsächlich lokalisieren können. Kurz darauf entdeckten sie ein Wolfsjunges.

Das Tier hob schwach den Kopf. Es lag in einer kleinen Blutlache und vom rechten Ohr fehlte ein Stück.

„Um Himmels Willen", stieß die Ärztin aus. „Mark, wir müssen dem armen Kerl helfen."

Ohne auf seine Frau zu achten kniete sich Mark hin.

„Vorsicht, er könnte nach dir schnappen. Wölfe sind generell extrem scheu."

Ungeachtet der Warnung strich er dem Wolf über das Fell. Ein Schnappversuch blieb aus. Das verletzte Tier blieb regungslos liegen. Es schien sogar, als würde es die Streicheleinheiten genießen. So wie ein Kind, das die tröstende Hand der Mutter sucht, wenn es sich weh getan hat. „Er ist so schwach."

Beide sahen sich um, ob nicht die Mutter oder gar das ganze Rudel nach ihrem Jungen suchen würde.

„Wölfinnen werfen ihre Jungen normalerweise im April oder Mai. Der kleine Wolfsrüde dürfte demnach ein Alter von ungefähr drei oder vier Monaten haben", schätzte Mary-Ann.

Mark nickte. „Das Alter würde auch zur Größe passen."

Sie vermuteten als Ursache für die schwere Verletzung einen Kampf. Der Jungwolf war offensichtlich von seinem Rudel getrennt worden und dann auf ein Tier getroffen, welches ihn gejagt und verletzt hatte. Das Ärzteehepaar zögerte keine Sekunde mit der Entscheidung, dem Wolf zu helfen. Sie legten das verletzte Tier behutsam auf ihre Picknickdecke und trugen es zum Auto.

Zu Hause angekommen, brachten sie den geschwächten Wolf sofort in ihre Praxis. Sie säuberten, desinfizierten und nähten die Wunden. Nach der Behandlung legten sie das Tier auf Marks alte Decke.

„Hier liegt er weich und er wird sich an deinen Geruch gewöhnen", war Mary-Anns Kommentar.

Während Mark sich zu dem Wolf setzte, fuhr seine Frau nochmal in die Stadt und besorgte Hundefutter. Sie entschied sich für ein nahrhaftes Welpenaufzuchtfutter und versprach sich davon, dass der Jungwolf damit wieder schnell zu Kräften kommen würde.

Später wechselten sich Mark und Mary-Ann die ganze Nacht hindurch mit dem Aufpassen ab. Während der Nachtwache kamen sie auf die Idee, den Wolf aufgrund des zur Hälfte abgetrennten Ohres den Namen *Ear* zu geben.

Der junge Wolf schlief viel. Immer wenn er aufwachte, hob er kurz den Kopf an und schnupperte an den Händen von Mark und Mary-Ann. Er nahm aus Marks Händen erste Futterbrocken an, die er vorsichtig mit der Zunge in sein Maul bugsierte. Sobald Ear sich alleine aufsetzen konnte, beendeten sie das Füttern mit der Hand. Er sollte sich nicht an die Menschen gewöhnen.

Der Vorbesitzer des Hauses hatte mehrere Hunde gehalten, die in einem großen Zwinger untergebracht waren. Mark war froh, das Teil noch nicht abgerissen zu haben. Der große Hundezwinger bot die perfekte Behausung für Ear. Bereits am nächsten Morgen brachten sie den Wolf in den Zwinger und stellten Futter und frisches Wasser hinein.

Ear erholte sich erstaunlich schnell, schien aber alles andere als glücklich zu sein. Er lag meistens in einer der drei Hundehütten und verließ sie nur zum Fressen oder Trinken.

Mark ließ Ear jedes Mal, wenn er Futter brachte oder nach den Wunden sah, an seiner Hand und dem Ärmel schnuppern.

Tagsüber verkroch sich der Wolf, nachts heulte er. Manchmal kam aus dem naheliegenden Nationalpark eine Antwort und einzelnes Wolfsgeheul schwoll zu einem Konzert an.

Nachdem Ear wieder völlig gesund war, wussten Mark und Mary-Ann, dass sie den Wolf freilassen mussten. Er war und blieb ein wildes Tier. Sie warteten auf den richtigen Zeitpunkt und öffneten schweren Herzens den Zwinger, als Ear wiedermal in ein Wolfsgeheule miteinfiel. Die Entscheidung war ihnen nicht leichtgefallen, denn beide hatten den jungen Wolfsrüden in ihr Herz geschlossen.

Als die Zwingertür weit offenstand, machten sie ein paar Schritte zur Seite. „Raus mit dir, alter Freund. Sie rufen dich", sagte Mark.

Als ob Ear die Worte verstanden hätte, streckte er seine Schnauze aus dem offenstehenden Zwinger. Er hob die Nase in den Wind und schnupperte. Nur langsam und sehr vorsichtig verließ er seinen kleinen Schutzraum. Pfote für Pfote wurde hochgehoben und vorsichtig auf die Erde gesetzt. Es war, als würde sich der Wolf an eine Beute anschleichen. Schließlich rannte er los und jagte über die große Wiese in Richtung Wald davon. Das Ärzteehepaar umarmte sich. „Er ist wieder frei und er liebt seine Freiheit."

„Du sagst es, Mark. Jetzt ist er glücklich. Ich hoffe nur, dass er seinen Weg gehen wird."

Zwei Wochen lang ließ das Ehepaar den Zwinger offen. Insgeheim hofften sie, dass Ear zurückkäme und sie wie ein Hund begrüßen würde, doch Ear war ein wildes Tier. Er war ein Wolf, dessen Zuhause der Nationalpark war. Dort gehörte er hin. Dort lebte sein Rudel. Kurzum, Ear kam nicht zurück.

Das Erlebnis mit dem jungen Wolf war anfangs sehr präsent. Mark und Mary-Ann erzählten im Freundes- und Kollegenkreis von dem verletzten wilden Tier und wie sie ihn gesund pflegten. Jagd- und Wanderfreunde hielten sogar bei ihren Touren Ausschau nach Ear. Sie hofften, ihn zu entdecken und dem Ehepaar davon berichten zu können, aber der Nationalpark war riesig und Wölfe zogen weite Kreise. Das große Land im Norden der USA bietet mit seinen unberührten Nationalparks wichtige Rückzugsorte für die bedrohten Tiere.

Nach ein paar Wochen und Monaten geriet das Zusammentreffen langsam in Vergessenheit. Ein paar Fotos erinnerten noch an Ear, doch nach drei Jahren waren auch diese nur noch Bestandteil einer riesigen Sammlung von schönen Tieraufnahmen.

Minnesota ist bekannt für seine harten Winter. Kalte Polarwinde halten das Land, das im Norden der USA liegt und an Kanada angrenzt, frostig im Griff.

Mark und Mary-Ann liebten auch die kalte Seite ihrer Heimat. So wie sie im Frühling, Sommer und Herbst durchs Land streiften, zogen sie auch im Winter los.

Ausgerüstet mit Schneeschuhen, Thermoskanne und Fotoapparat durchstreiften sie den Nationalpark, um schöne Winterfotos zu machen. Ab und zu jagten sie auch Rehe. Vor allem, wenn der Verbiss an Jungbäumen zu groß und die Tiere dadurch zu Schädlingen wurden.

Mark hatte sich neue Schneeschuhe gekauft und brannte darauf, sie auszuprobieren. An diesem kalten Wintertag war gutes Wetter vorhergesagt. Die Sonne schien und Millionen von kleinen Eiskristallen glänzten wie winzige Spiegel auf der weißen Schneedecke.

„Ich bin zurück, bevor es dunkel wird", hatte er sich von Mary-Ann verabschiedet.

Er zog den Reißverschluss seines Parkas nach oben, setze die Sonnenbrille auf und stapfte los. Atemdunst wehte vor seinem Gesicht und Schnee knirschte unter jedem Schritt. Bald war er im Wald verschwunden. Mark hatte sich für eine seiner Lieblingsrouten abseits des Hauptweges entschieden. Er spürte Freiheit und Abenteuer.

„So musste es sich für die alten Trapper vor 200 Jahren angefühlt haben", schoss es durch seinen Kopf. „Allein in der Wildnis."

Mark war mit den neuen Schneeschuhen mehr als zufrieden. Mit ihnen würde er große Freude haben. Sie waren leicht und dennoch stabil. Er glitt förmlich über den Schnee.

Mark hatte die breite Lichtung längst passiert und befand sich auf dem Rückweg, als er eine Blutspur entdeckte. Große Tatzen waren in die dünne Eisdecke gedrückt, die sich auf dem Schnee gebildet hatte.

„Ein Rotluchs muss ein Reh gerissen haben", stellte er fest und folgte neugierig der Spur. Vielleicht konnte er noch ein gutes Foto schießen. Mit viel Glück erwischte er sogar den Rotluchs beim Fressen.

Vor einem Baum endete die Schleifspur. Die Raubkatze hatte den Kadaver dort versteckt und mit Schnee bedeckt.

„Nur ein Foto, dann gehe ich nach Hause", beschloss Mark und näherte sich langsam der versteckten Beute. Vom Luchs war weit und breit nichts zu sehen. Er war sicherlich längst sattgefressen und zog seine Kreise im Revier.

Der Arzt stapfte los. Ein lautes Klicken war zu hören.

Zack

Zeitgleich schoss ein scharfer Schmerz durch Marks rechtes Bein. Mit einem lauten Schrei fiel er in den Schnee.

„Ahhh!"

Er registrierte sofort, was passiert war. Um seinen rechten Knöchel lagen die Fangbügel einer Tellerfalle und hielten ihn mit großem Druck fest.

Der Schmerz war unbeschreiblich. Die Wucht des Fangeisens hatte seinen Knochen gebrochen und hielt den Fuß gefangen. Der Arzt war der Ohnmacht nahe. Mit jeder Bewegung strömte eine kaum auszuhaltende Schmerzwelle durch seinen Körper.

„Bei Bewusstsein bleiben!", sagte er zu sich selbst, blieb für einen Moment still liegen und atmete ruhig. Er sammelte Kraft und dachte über eine Lösung seines Problems nach.

Er und seine Frau hassten diese Art von Fallen. Sie waren für alle Tiere pure Qual. Hier in der Gegend durfte man diese Art von Falle nicht verwenden. Zudem war hier ohnehin striktes Jagdverbot!

„Das waren Wilderer. Elendige Kerle", schimpfte der Verletzte.

Mark warf die Gedanken aus seinem Kopf. Er musste sich auf eine Lösung konzentrieren und analysierte seine Lage. Der Arzt befand sich abseits des Weges und es war Winter. Das tote Reh würde neben dem Rotluchs sicherlich auch andere Fleischfresser anlocken. Und das waren schlimmstenfalls Wölfe. Das war eine Gefahr. Sollte der Geruch des Kadavers keine Tiere hierherlocken, schwebte dennoch eine weitere tödliche Gefahr über ihm. Mit der Dunkelheit würden die Temperaturen noch weiter sinken und weit unter den Gefrierpunkt fallen. Ihm drohte der Erfrierungstod. Der Schmerz im Bein war unbeschreiblich groß. Dem Arzt war klar, dass es gebrochen war. Mit Glück ein glatter Bruch. Er schloss für einen Moment die Augen und öffnete sie gleich wieder. Zeit war nun zum wichtigsten Faktor geworden. Bis zum Haus waren es noch mindesten fünf Meilen, eher sieben oder acht. Eine lange Strecke, wenn man sie mit einem gebrochenen Bein zurücklegen musste. Mark versuchte, den Schmerz auszublenden und sich auf eine Lösung zu konzentrieren. Viele Möglichkeiten blieben nicht und so fällte er eine Entscheidung. Er würde es versuchen und trotz der schmerzhaften Verletzung nach Hause gehen.

„Jetzt!", sagte er laut und setzte sich auf. Die Situation war katastrophal. Ein Blick auf seinen Unterschenkel bestätigte seine schlimmste Vermutung. Die Falle hatte den Knochen gebrochen. Die Wunde blutete leicht. Mark war zum Glück sportlich und nicht übergewichtig. Er beugte sich nach vorn, um die Fangeisen zurück zu biegen. Wieder erfasste dieser schier unerträgliche Schmerz sämtliche Nervenbahnen. Es fühlte sich an, als ob jemand mit einem Hammer auf den Unterschenkel einschlagen würde.

Mark überkam eine unbändige Wut, als er das Tellereisen näher betrachtete. Wie sehr mussten gefangene Tiere leiden. Er hatte von Wölfen gehört, die sich, um sich aus so einer grausamen Falle zu befreien, das Bein abgebissen hatten, um zu überleben.

Je mehr Wut sich in ihm ausbreitete, desto entschlossener handelte Mark. Er griff an die Fangbügel und bog sie in ihre Ausgangsstellung zurück. Der Widerstand war geringer als befürchtet. Er hielt die Fangbügel auseinander und hob das gebrochene Bein hoch. Sterne tanzten vor seinen Augen, als mehrere Schmerzwellen hintereinander zu ertragen waren. Er legte den gebrochenen Fuß in den Schnee. Das Fangeisen ließ er wieder zuschnappen, damit es seinem grausamen Zweck kein zweites Mal nachkommen konnte.

Nach einer kurzen Erholungspause versuchte Mark aufzustehen, brach das Vorhaben aber noch während des Versuchs ab. Er konnte das gebrochene Bein auf keinen Fall belasten. Das war ein Ding der Unmöglichkeit.

„Verdammt!", fluchte er.

Bald würde es dunkel werden. Ihm blieb die Wahl zwischen hier übernachten oder nach Hause zu kriechen. Die Wunde konnte sich entzünden. Für einen Moment überlegte er, sich aus Schnee eine Notunterkunft zu bauen. Einen entsprechenden Überlebenskurs hatten er und Mary-Ann vor zwei Jahren absolviert. Je mehr er darüber nachdachte, desto schneller kam er von der Idee wieder ab. Der Versuch nach Hause zu kriechen, war erfolgsversprechender. Er würde in Bewegung bleiben und Bewegung bedeutete Wärme und Wärme bedeutete, nicht zu erfrieren. Zudem wollte er so schnell wie möglich in ein Krankenhaus.

„Die Zeit ist mein Gegner und ich werde dieses Duell gewinnen", sagte er laut zu sich selbst, um sich Mut zu machen.

Mark kroch los. Der Schmerz war da, doch er war um Längen erträglicher, als beim Versuch aufzustehen.

„Das Kriechen klappt. Ich werde es schaffen", sprach er sich Mut zu.

Meter für Meter robbte der Arzt über die weiße Schneedecke. Schnell bildeten sich Schweißperlen an seiner Stirn. Unter der warmen Wollmütze ragten eine paar blonde Haarsträhnen heraus. Sie klebten schweißnass auf der Haut. Er musste wenigstens den breiten Wanderweg erreichen. Sollte er es aus irgendwelchen Gründen nicht bis nach Hause schaffen, würde man ihn auf dem Weg schneller finden. Der erste Suchtrupp würde sicherlich dort entlanggehen. Da war er sich vollkommen sicher.

Mark benutzte die beiden Schneeschuhe als eine Art Handschuh und Kriechhilfe. Hierzu griff er in die vordere

Schlaufe. Die Unterarme lagen auf dem flachen Brett. So konnte er sich halbwegs aufstützen und sank nicht mit den Händen im Schnee ein. Mit dem gesunden Bein stützte er das Vorwärtsschieben ab und das Gebrochene zog er so regungslos als möglich nach. Er würde für die Strecke sehr lange brauchen. Das war klar und er fragte sich, wann Mary-Ann begann, sich um ihn zu sorgen.

Bereits bei Einbruch der Dunkelheit oder erst nach einer Weile, wenn es schon dunkel ist? Wird sie es alleine versuchen und mir entgegen gehen? Oder wird sie den Sheriff verständigen, damit dieser einen Suchtrupp zusammentrommeln kann?

Versunken in diesen Gedanken legte er die ersten fünf- oder sechshundert Meter zurück. Es war still im Wald. Außer dem Brechen der dünnen Eisdecke auf dem Schneebett waren kaum Geräusche zu hören. Einerseits war es beruhigend, andererseits flößte ihm die Stille Angst ein. Mark machte eine kurze Pause und verharrte. Er blickte sich um und betrachtete die hinterlassene breite Spur im Schnee. Das Heulen eines Wolfes ließ ihn zusammenzucken. Als weitere Tiere des Rudels mit einstimmten, bekam er Angst. Er befürchtete, dass sich ein Rudel zur Jagd zusammenrief und auf seine Spur stoßen könnte.

Whooooooo

Die Lautstärke des Geheuls trieb ihm einen Schauer über den Rücken. Das Rudel war in seiner Nähe, dessen war er sich sicher. Was sollte er nur tun?

Panikattacken überkamen ihn. Mark quälte sich weiter durch den Schnee. Er keuchte, schwitzte und wurde vom Willen zu überleben angetrieben. Bald war die erste Meile geschafft. Der Arzt orientierte sich und schlug die richtige Richtung zum breiten Weg ein. Mit Bangen stellte er fest, dass es zu dämmern begann.

„Verflucht!"

Er hätte früher umkehren müssen. Geräusche ließen ihn aufhorchen. War das ein Hecheln?

Es passierte binnen Sekunden. Einige Meter vor ihm tauchte ein Wolf auf. Erschrocken verharrte der Arzt auf der Stelle. Er drehte sich auf den Rücken und setzte sich auf. Binnen weniger Sekunden war er von mehreren Wölfen umringt. Sie waren vorsichtig, vielleicht argwöhnisch, weil der Mensch ihr Feind war. Sie betrachteten ihn wohl als leichte Beute. Einer der Wölfe zeigte seine Lefzen. Knurren war zu hören. Gänsehaut überzog Marks Rücken. Hätte er wenigstens das Gewehr oder den Revolver mitgenommen. Mit einem Warnschuss hätte er die Wölfe vielleicht vertreiben können. Er zitterte, hatte Todesangst.

„Haut ab!", brüllte er laut, doch statt zu flüchten, zog sich der Kreis der Tiere immer enger um ihn.

Mark klopfte mit den Schneeschuhen auf den Schnee. „Weg hier! Hilfeeee!"

Der Ruf verhallte ungehört. Es war, als ob der Wald die Rufe schluckte und nicht weitertrug. Gleich würden ihn die Wölfe anfallen. Er würde hier und heute sein Leben verlieren. Mark starrte den Wolf an, der direkt vor ihm stand und seine Zähne zeigte.

Noch fünf Meter Abstand, schätzte er. Gleich wird er zum Angriff übergehen.

Ein kräftiger Rüde kam seitlich angelaufen, kreuzte den Weg des vordersten Tieres und drängte ihn knurrend zurück. Dann drehte sich der Wolf um und umrundete Mark einmal mit gebührendem Abstand. Als er sich hinter Marks Rücken befand, kam er extrem langsam und sehr vorsichtig nahe an ihn heran. Das Schnuppern war zu hören. Die anderen Wölfe verharrten derweilen, wie auf Befehl, an ihren Plätzen.

„Es muss der Leitwolf sein", dachte Mark, dessen Rücken immer noch komplett mit Gänsehaut übersät war.

Nur das Leittier konnte das hungrige Rudel in Schach halten. Das kräftige Tier hielt die Nase in den Wind und schnupperte, während es sich ganz vorsichtig näherte. Der Wolf ging

schließlich in eine Art Kniebeuge und streckte den Kopf weit nach vorn, um bei Gefahr den ganzen Körper blitzschnell zurückziehen zu können.

Zwei weitere Wölfe huschten blitzschnell heran, wurden aber sofort mit Knurren und einem leichten Schnappen des Leitwolfs wieder nach hinten geschickt. Der große Wolf stand nun seitlich von Mark. Der Arzt wagte es nicht, seinen Kopf zu drehen. Als der Wolf noch näherkam und die feuchte Nase nur noch zehn Zentimeter von Marks Kopf entfernt war, zitterte der Arzt am ganzen Körper. Er hatte extreme Todesangst und wagte nicht, sich auch nur einen Millimeter zu bewegen.

Der Wolf machte einen weiteren Schritt und stand Mark nun direkt gegenüber. Der verletzte Arzt betrachtete das kräftige Tier. Warmer Atem schlug ihm entgegen. Gelbliche Augen visierten ihn an. Marks Blick wanderte am Kopf entlang nach oben und er konnte nicht glauben, was er sah. Dem Rüden fehlte ein Großteil des rechten Ohres.

„Ear?", flüsterte Mark sehr leise, um den Wolf nicht zu erschrecken. „Ear, bist du das?", kam es etwas lauter, aber immer noch mit flacher Stimme.

Er glaubte, eine Art Schwanzwedeln zu erkennen. „Ear, mein Freund, erkennst du mich? Ich habe dich vor langer Zeit gerettet."

Das Sprechen tat ihm gut. Es nahm die Angst weg, wenn auch nur für wenige Augenblicke. Es half über den Moment des befürchteten Angriffs hinweg und schenkte ihm Hoffnung. Hoffnung, dass der große Wolf, der vor ihm stand, sein *Ear* war. Ear, der Wolf, dem er vor Jahren das Leben gerettet hatte.

Konnte es tatsächlich so sein? Konnte ein junger Wolf, der allein in die Wildnis zurückläuft, unbeschadet heranwachsen, überleben und ein eigenes Rudel gründen?

„Ear. Das ist dein Name. So haben wir dich damals genannt."

Noch während Mark auf den Wolf einredete, wendete sich dieser von ihm ab und drehte eine Runde um die vermeintliche menschliche Beute. Kein Rudelmitglied wagte es, Mark anzugreifen. Ear gab seinem Rudel zu verstehen, dass sie sich zurückziehen sollten. Nach und nach zogen sich die Tiere zurück.

Ear kam wieder zu Mark. Vorsichtig stapfte er heran und schnupperte abermals an dem verletzten Arzt. Seine Zunge fuhr einmal über Marks Wange, dann setzte sich Ear neben Mark ab.

In einiger Entfernung heulte ein Wolf. Lautes Knurren war zu hören. Das Rudel musste den Rehkadaver entdeckt haben. Ear hob den Kopf an und stieß, verpackt in einer Dunstglocke der warmen Lungenluft, einen langen Heulton aus seiner Kehle.

Mark war erleichtert. Er verlor langsam die Angespanntheit des zu erwartenden Todes und fühlte sich beschützt. Der Wolf hatte ihn erkannt. Es war ein kleines Wunder.

„Was machen wir jetzt?", fragte er Ear, der ihn anstarrte und dabei den Kopf leicht schräg hielt. „Du passt auf mich auf? Das ist wirklich ein feiner Zug von dir."

Der Arzt wusste, dass er weiterkriechen musste. Seine Kräfte schwanden und er glaubte, dass seine Körpertemperatur anstieg. Fieber! Er musste weiter, wenn er überleben wollte. Jetzt!

„Ear, du darfst nicht erschrecken, aber ich muss los", flüsterte er und legte sich wieder auf den Bauch. Mark atmete einmal kräftig durch, dann begann er, wieder zu kriechen.

Ear wartete noch einen Moment. Dann stand der Wolf auf und ging extrem langsam neben Mark. Er begleitete ihn. Unverkennbar beschützte Ear den Mann, der ihm vor Jahren das Leben gerettet hatte. Der Wolf wich dem Verletzten nicht von der Seite. Wenn Mark eine Erholungspause einlegte und auf der Stelle liegen blieb, kam Ear näher und schnupperte an ihm.

„Alles gut, mein Freund. Ich lebe noch. Ich muss mich nur etwas ausruhen", sagte er dann zu dem Tier und Ear setzte sich hin und wartete.

Mark fühlte sich behütet. Die Anwesenheit von Ear gab ihm Kraft. Soviel Kraft, dass er es kriechend bis zum breiten Weg schaffte. Es war bereits dunkel geworden und Mark keuchte, schwitzte und war am Ende seiner Leistungsfähigkeit angelangt. Die Arme schmerzten beinah ebenso wie sein gebrochenes Bein. Würde er jetzt zusammenbrechen, würde sich Ear garantiert neben ihn ablegen und versuchen ihn zu wärmen. Der Wolf zahlte seine Schuld zurück, indem er Freundschaft und Treue bewies, die niemand für möglich gehalten hätte. Mark wusste aber auch, dass Ear ein wilder Wolf war und zurück zu seinem Rudel musste.

Er würde nicht ewig bleiben und irgendwann, wie damals, im Wald verschwinden.

Ear hörte den Suchtrupp längst, bevor Mark auch nur einen kleinen Lichtschein der Taschenlampen erkennen konnte. Der Wolf stellte sich hin und sah Mark an. Der Arzt hätte ihn am liebsten gestreichelt, doch die Arme waren zu schwach zum Anheben. Ein letztes Mal trafen sich die Augenpaare des Wolfes und des Menschen. Ear hob schließlich den Kopf, stieß ein langes Heulen aus, drehte sich um und verschwand im Wald.

Mark blieb sitzen und sah seinem treuen Freund nach. Er konnte ihn nicht mehr sehen und sein Blick starrte ins Dunkel. Instinktiv spürte er, dass Ear irgendwo dort im Wald lag und ihn beobachtete.

Mary-Ann und ein paar Männer kamen laut „Mark" rufend an. Ihr Taschenlampenlicht wanderte über den Weg und zwischen die schneebedeckten Bäume.

Als der erste Lichtkegel den Arzt streifte und jemand laut rief: „Hier ist er!", wusste Mark, dass Ear jetzt zufrieden zurück zu seinem Rudel lief.

„Mark!", rief Mary-Ann. „Ich hatte solche Angst um dich, als wir das Heulen der Wölfe hörten."

„Das war Ear", antwortete der Arzt und versuchte dabei zu lächeln.

Mark wurde sofort ins Krankenhaus gebracht und dort operiert. Nachdem sein Bein verheilt war, ging er noch oft in den Nationalpark. Auf Ear traf er nie wieder, doch er wird den Wolf niemals vergessen. So wie der Wolf ihn niemals vergessen wird.

Und manchmal, wenn er das Heulen der Wölfe hört, glaubt Mark, dass Ear ihm zuruft, dass es ihm gut geht.

Mansur, der Bär

Können Mensch und Tier zu Freunden werden?

Die Antwort auf diese Frage ist eindeutig und lautet: Ja! Unzählige Geschichten berichten hiervon und in Millionen Haushalten leben Katzen und Hunde. Letzteren gab man ohnehin schon die Bezeichnung *Bester Freund des Menschen.*

Aber es gibt nicht nur Freundschaften zwischen den domestizierten Tieren und den Menschen, sondern auch zwischen Menschen und Wildtieren. Die folgende Geschichte ist ein Beispiel dafür. Sie erzählt von der Freundschaft zwischen einem Bären und einem Menschen und zeigt, dass Tiere nicht nur Gefühle für Artgenossen, sondern auch für Menschen entwickeln können. Und sie zeigt, wie wichtig Treue und Fürsorge sein können und wie sie belohnt werden kann.

Der kleine Flugplatz Orlovka in der Oblast Twer befindet sich etwa 170 Kilometer nordwestlich von Moskau in Zentralrussland. Es gibt dort eine Landebahn, einen Hangar und ansonsten nur viel Grün. Die Hälfte der Oblast Twer ist bewaldet. Das Leben auf dem Land ist beschaulich und wenn die Piloten des kleinen Flugplatzes nicht gerade ein paar Flugstunden geben

oder zu einem Rundflug oder Flug für einen Fallschirmsprung gestartet sind, basteln sie an einem der fünf historischen Flugzeuge herum, die dort abgestellt sind.

Einer der Piloten heißt Andrej Iwanow. Andrej fliegt für sein Leben gerne und wenn gerade mal keine Kunden da sind, sitzt er entweder im Cockpit der alten Passagiermaschine, um die Instrumentenanzeigen zu reparieren oder kriecht mit ölverschmierten Händen irgendwo in der Werkstatt unter einem der Flugzeugmotoren herum. Er hat sein Glück auf Erden gefunden. Andrej liebt das Fliegen, die Flugzeuge und seine Kollegen.

An jenem Tag im April 2016 war alles wie immer. Es gab keinen Flugauftrag, also hockten Andrej und sein Kollege Juri in der Werkstatt und schraubten an einem Motor herum. Es war für April sehr warm und das Tor zur Halle stand weit offen. Die beiden Piloten unterhielten sich angeregt über die bevorstehende Fußball-Europameisterschaft.

„Nun sag schon, Andrej, bist du jetzt mit dem Mittelfeldspieler Oleg Iwanow verwandt oder nicht?"

Diese Frage wurde seit Wochen immer wieder unter den Piloten diskutiert. Andrej erlaubte sich hin und wieder einen Scherz und versprach Eintrittskarten zu besorgen, um sie an den Meistbietenden zu versteigern.

Andrej lachte. „Ha, ha. Du lässt einfach nicht locker, Juri. Denke doch mal nach. Woher komme ich?"

Juri legte den Schraubenschlüssel zur Seite, prüfte die angezogenen Muttern und nickte zufrieden. „Das hält." Dann wendete er sich seinem Kollegen zu. „Aus Twer, genauso wie dein Vater und dein Großvater. Warum fragst du?"

Andrej wischte seine Hände an einem Lappen ab und warf einen Blick auf die Uhr. „Ich habe Hunger. Lass uns etwas essen."

Juri hakte nach. „Diesmal möchte ich eine richtige Antwort."

„Du hast sie dir doch selbst gegeben. Wir Iwanows stammen alle aus Twer und sind in Twer geboren. Wir leben in Twer oder der Oblast und sind nie weggegangen. Der Nationalspieler Oleg Iwanow ist in Moskau geboren. Es wäre zwar schön, aber wir sind nicht verwandt. Jedenfalls nicht, dass ich wüsste."

Fast ein wenig enttäuscht über die zeitgleich mit der Antwort geplatzte Chance, möglicherweise an Eintrittskarten für ein Europameisterschaftsspiel zu gelangen, stimmte Juri zu. „Gut, machen wir Mittagspause."

Beide verließen den Hangar, um zum Auto zu gehen. Im Kofferraum von Juris Lada lag ihr Mittagessen. Auf halbem Weg blieb Andrej stehen. Er zeige auf die Landebahn und deutete nach vorn. „Siehst du das?"

Juri folgte dem ausgestreckten Arm seines Kollegen und Freundes. „Das gibt's doch nicht. Ein Bär."

Direkt neben der Landebahn tapste ein kleines Bärenjunges umher.

„Wo kommt der denn her?"

Juri blickte sich um. „Keine Ahnung, aber wo der Kleine ist, ist die Mutter nicht weit. Lass uns schnell zum Auto gehen und das Essen holen. Wir können ja vom Tower zusehen, wie die Mama ihren Ausreißer holt."

Andrej war einverstanden. Beide Piloten gingen zum Lada. Juri öffnete die Heckklappe und holte den Korb mit ihrem Mittagessen heraus. Andrej beobachtete indessen permanent den jungen Bären und hörte dessen Rufe. „Er braucht Hilfe."

Juri schloss die Heckklappe. „Wie kommst du da drauf."

„Schau doch mal genau hin. Der Kleine ist nicht viel größer wie ein Teddybär. Er tapst völlig verzweifelt herum und ruft nach seiner Mutter."

Juri griff den Satz auf und fügte hinzu: „Die gleich aus dem Wald geschossen kommt und uns angreift, um ihr Junges zu retten." Er drehte sich um und wollte zum Tower gehen. „Komm jetzt."

Andrej blieb stehen. „Wo soll denn die Mutter sein? Ich sehe keine Bärin."

Juri war leicht genervt und stellte den Korb ab. „Was willst du machen?"

Andrej zuckte mit den Schultern? „Ich weiß es nicht?"

„Dann lass uns etwas essen?"

Andrej zögerte. „Er hat bestimmt Hunger?"

„Dann gibt ihm doch etwas von deinem Essen ab", kam es genervt von Juri.

Andrej fasste es jedoch anders auf. „Gute Idee. Ich gehe mal hin."

Juri wollte es nicht glauben. „Spinnst du?"

Das Bärenjunge hatte sich während der Unterhaltung der beiden Piloten bis auf wenige Meter genähert. Es setzte sich ins Gras und beobachtete die beiden Männer. Immer wieder kam dieses ängstliche Rufen. Der Wind spielte mit dem Haar des Bärenbabys. Das niedliche Tier war tatsächlich kaum größer als ein Plüsch-Teddy. Andrej und Juri blickten sich abermals um. Es war keine Bärin zu sehen.

„Hier streifen auch Wilderer durch die Gegend", meinte Andrej.

Juri zögerte mit einer Antwort. Nach einer Weile meinte er: „Du glaubst, die Mutter ist tot?"

Schulterzucken. „Kann sein. Jedenfalls hat der Kleine Hunger."

Juri sah erst das Bärenjunge, dann seinen Freund an. „Woher willst du das wissen?"

Andrej runzelte die Stirn. „Du hast doch Kinder", gab er als Hinweis.

„Ja. Aber was hat das damit zu tun?"

Die Stumpfsinnigkeit war nicht zu begreifen. „Mein Gott, Juri. So lange ist das doch nicht her. Als deine Töchter noch kleine Babys waren und Hunger hatten, was haben sie gemacht?"

Juri begriff, worauf Andrej hinauswollte. „Geschrien."

„Na also", kam die Antwort. Zeitgleich war wieder der Ruf des tapsigen Bären zu hören.

Andrej fasste sich ein Herz. „Wir sehen jetzt schon lange genug zu. Es ist Zeit zu handeln."

Beherzt griff der in den Korb und holte sein Brot heraus. „Bären sind Allesfresser."

Juri überlegte kurz. „Wenn die Mutter kommt, müssen wir sofort ins Auto und wegfahren." Zeitgleich klopfte er sich mit der rechten Hand an die Außenseite seiner Hosentasche und spürte beruhigt seinen Schlüssel. „Man darf sie auch nicht an Menschen gewöhnen", schob er nach, doch Andrej kniete sich bereits vor dem kleinen Bären ab und reichte ihm ein Brot mit Aufstrich."

Der Bär musterte den Menschen. Vorsichtig schnupperte er in Richtung der Hand und des Futters. Andrej legte das Brot im Gras ab. Das Bärenjunge machte eine tollpatschige Bewegung nach vorn und schnappte das Brot. Hungrig verschlang es den Leckerbissen. Nach und nach verfütterte der Pilot sein Mittagessen an das Tier. Mit jedem Bissen kam der kleine Bär näher an Andrej heran. Er fasste Vertrauen und ließ sich streicheln. Keine fünf Minuten später hielt Andrej das Bärenjunge auf dem Arm. Das Tier schmiegte sich an ihn und fühlte sich geborgen. Tausende Gedanken rasten durch den Kopf von Andrej Iwanow. Das Gefühl, einen lebendigen wilden Bären im Arm zu halten, war gigantisch und mit nichts zuvor Erlebtem vergleichbar. Er spürte, wie das Jungtier nach Geborgenheit suchte, hielt es fest und flüsterte: „Alles gut, mein Kleiner. Ich helfe dir."

Andrej spürte von Beginn an eine Zuneigung und fühlte sich für das Bärenjunge verantwortlich. Auch Juri streichelte den kleinen Bären und gab ihm von seinem Essen etwas ab. Den Rest teilte er mit seinem Freund.

Da die Bärenmutter nicht auftauchte, vermuteten die Piloten das Schlimmste.

„Ob sie Wilderern zum Opfer fiel?"

„Möglich. Vielleicht hatte sie aber auch einen Unfall."

„Oder einen Kampf mit einem anderen Bären."

Sie warteten noch zwei Stunden und spielten mit dem kleinen Bären. Schließlich stand fest, dass die Bärin wohl nicht mehr kommen würde. Welches Schicksal sie erlitten hatte, blieb unbekannt. Nach und nach kamen auch andere Piloten dazu und umringten den wilden Findling.

Als Andrej die Entscheidung fällte, dem Bären weiterhin zu helfen, stimmten alle Anwesenden zu und wollten ihn dabei unterstützen.

„Er braucht einen Namen!", meinte jemand und nach ein paar Vorschlägen wurde ihm der Name Mansur gegeben.

Binnen kürzester Zeit bauten die Piloten des Flugplatzes Orlovka für Mansur ein Gehege. Schnell war klar, dass man den kleinen Bären nicht mehr in der Wildnis aussetzen konnte. Ohne Muttertier würde er nicht lange überleben. Er war unfähig zu jagen und zudem an Menschen gewöhnt. Von ihnen wurde er gefüttert.

Bereits nach wenigen Tagen stand fest, dass der Bär in menschlicher Obhut bleiben würde.

„Er wird immer die Nähe von Menschen suchen. Wir haben ihn gefüttert", sagte Juri.

Andrej war gleicher Ansicht. „Und das würde früher oder später zu seinem Tod führen. Wir brauchen hier keine Illusionen aufbauen. Wir haben Mansur gerettet und ihn dadurch der Wildnis entrissen."

Anrufe bei diversen Zoos und Gespräche mit Jägern und Tierärzten bestätigten die Vermutung der Piloten.

Mansur blieb auf dem Flughafen Orlovka und war schnell zum Liebling des gesamten Flugplatzpersonals nebst Passagieren geworden.

Einmal nahm ihn Andrej sogar auf einen Flug mit. Die Idee kam ihm, als Mansur voller Neugier in das offenstehende Flugzeug geklettert war und es sich dort bequem gemacht hatte.

Als die kleine Maschine jedoch startete und losfuhr, war es dem Bärenjungen nicht mehr geheuer. Er tapste zum Piloten, kletterte auf dessen Schoss und Andrej merkte, wie es plötzlich warm wurde. Mansur hatte aus Angst „in die Hosen" gemacht. Andrej setzte nach wenigen Minuten wieder zur Landung an und von da an blieb Mansur von weiteren Rundflügen verschont.

Für Mansur war der Flugplatz ein riesiger Spielplatz. Er hatte überall Spielsachen, wie aufgehängte Autoreifen oder herumliegende oder zum Kletterparadies zusammengezimmerte Baumstämme. Der kleine Bär war jedermanns Freund und hatte fast überall Zugang.

Binnen kürzester Zeit bekam er den Spitznamen *Airbear*. Unter diesem Namen wuchs sein Bekanntheitsgrad schnell über die Grenzen der Oblast Twer hinaus. Viele Menschen kamen, um den Bären zu sehen und zu streicheln. Mansur genoss es.

Andrej Iwanow war sein bester menschlicher Freund. Sein bester vierbeiniger Kumpel war der Husky eines Piloten. Mit dem Hund tollte er herum und die Tierfreundschaft war einzigartig.

Andrej nahm Mansur in den Anfangszeiten sogar hin und wieder mit zu sich nach Hause. Es fing damit an, dass der kleine Bär einfach nicht allein sein wollte, wenn am Abend alle nach Hause gingen.

„Was siehst du mich so an?", hatte es angefangen. Der Pilot sah in Mansurs weit aufgerissene Augen und zeigte in das große umzäunte Gehege. „Schau mal, dort liegen noch ein paar Äpfel herum. Die kannst du dir schmecken lassen."

Mansur dachte gar nicht daran, ins Gehege zu gehen. Stattdessen tapste er direkt zu Andrej und rieb sich an den Beinen des Piloten. Dann setzte er sich ab und hob die Tatzen. Es hatte den Anschein, als sei er ein kleines Kind, das darum bettelt, hochgehoben zu werden. Dazu stieß er ein sanftes Brummen aus.

Andrejs Herz schmolz. „Na gut, aber nur dieses eine Mal", hatte er nachgegeben.

In den folgenden Wochen und Monaten eignete sich Andrej enorm viel Fachwissen über Bären an. Er durchstöberte das Internet, verschlang Bücher, fuhr in Zoos und sprach mit Tierpflegern und den Direktoren. Er fühlte sich für Mansur verantwortlich und war bereit, sich dieser Verantwortung zu stellen. Das entscheidende Gespräch hatte er mit einem Bärenexperten aus dem Moskauer Zoo.

„Jetzt ist der Bär noch klein und niedlich, aber er wird wachsen. Mansur ist ein Braunbär. Er kann eine Größe von bis zu drei Metern bei rund 700 kg Gewicht erreichen. Dann ist er kein Kuscheltier mehr. Die Krallen an den Tatzen kann er nicht einziehen. Das ist ein Wildtier und kein Haustier."

Obwohl Andrej das alles wusste, wirkten die Worte auf ihn wie Treffer bei einem Boxkampf. Er wusste, dass er Mansur nicht behalten konnte.

Der Bärenexperte sprach weiter. „Bären haben keine Mimik. Das heißt, Sie werden nie wissen, ob er gut oder schlecht gelaunt ist. Selbst wenn er es gut meint und ihnen einen Schlag mit der Tatze verpasst, um zu zeigen, dass er in Ruhe gelassen werden möchte, könnte dieser Schlag tödlich wirken."

Andrej schluckte, als er die warnenden Worte hörte. „Wissen Sie …", er machte eine Pause und würgte den Satz fast heraus. „Wissen Sie einen guten Platz für ihn?"

„Leider nein. Wir haben hier absolut keinen Platz für ihren Bären."

Andrej bekam noch viele gute Ratschläge und versprach, sie auch zu beherzigen. Als er an diesem Tag zurück zum Flugplatz fuhr, war er traurig. Er wusste, dass er früher oder später von Mansur Abschied nehmen musste.

Die nächsten Wochen genoss der Pilot. Er war jeden Tag mit Mansur zusammen und präsentierte den Passagieren und Besuchern *Airbear*, den zahmen Riesen.

Mansur wuchs und wuchs. Die Piloten auf dem Flugplatz überlegten hin und her, wohin sie ihren Liebling bringen konnten. Jeder Zoo, bei dem sie anfragten, sagte ab. Sie inserierten in der

Zeitung und im Internet. Nichts. Keine Reaktion. Sie hatten die Hoffnung schon fast aufgegeben, als eines Tages das Telefon läutete. Juri nahm das Gespräch entgegen, hörte aufmerksam zu und rief seinen Freund Andrej, der in der Werkstatt an einem Motor herumhantierte.

„Andrej, da ist jemand, der Mansur aufnehmen würde."

Der Satz traf Andrej hart und dennoch mit etwas Erleichterung. Er ließ sofort den Schraubenschlüssel fallen, wischte sich in gewohnter Art und Weise die ölverschmierten Hände an den Hosenbeinen ab und eilte ins Büro.

Juri hielt die Sprechmuschel des Telefonhörers zu. „Er sagt, sie haben ein Reservat für Bären."

Andrej nahm den Hörer. „Iwanow", meldete er sich.

Der Anrufer stellte sich vor und gab sich als Tierfreund aus. „… und deshalb kann Ihr Bär nicht ohne Hilfe ausgewildert werden. Er war zu lange unter Menschen und würde sterben oder von einem Jäger, dem er zu nahekommt, erschossen werden."

Diesen Satz hatte der Pilot schon allzu oft gehört.

„Und Sie können uns helfen?"

„Ja, davon bin ich überzeugt", antwortet der Anrufer. „Wir sind eine Gruppe von Bärenfreunden und haben eine Art Naturreservat aufgebaut. Hier leben Bären, die ohne menschliche Hilfe in der Wildnis nicht überleben würden. Einige Tiere können wir immer wieder auswildern, andere dürfen im weitläufigen Reservat ihr Leben in Freiheit genießen."

„Freiheit?"

„Im Vergleich zu einem Zoo auf jeden Fall. Das Gebiet ist viele Quadratkilometer groß und umzäunt. Ihr Mansur kann sich dort frei bewegen."

„Das hört sich gut an, aber wie kann ich sicher sein, dass es ihm dort gut geht?", hakte Andrej nach.

Der Anrufer lachte kurz. „Auf diese Frage habe ich gewartet. Sie können Mansur selbstverständlich jederzeit besuchen und sich davon überzeugen, dass er wohlauf ist."

Der letzte Satz hatte den Piloten überzeugt. „Das klingt gut." Er warf einen Blick auf die Uhr. „Es ist spät. Können wir morgen in Ruhe telefonieren?"

„Sehr gerne. Ich rufe Sie gegen 10 Uhr an."

„Ja, das passt."

Andrej legte auf.

Juri nickte zustimmend. Ein Lächeln machte sich breit. Er hatte das Gespräch mitgehört und klopfte seinem Freund auf die Schulter. „Scheint so, als wäre heute so etwas wie ein trauriger Glückstag für uns."

Der Tag des Abschieds fühlte sich bitter an und mehr als einem Piloten saß ein dicker Kloß im Hals. Mansur schien zu spüren, dass etwas Unangenehmes passieren würde. Niemand kam so wirklich seinen Spielaufforderungen nach und ein Teil seiner Sachen wurde zusammengepackt. Es waren fast alle da, um dem *Airbear* auf Wiedersehen zu sagen.

Als der alte Militär-Lastwagen auf das Flugplatzgelände fuhr, hätte Andrej am liebsten losgeweint und wäre mit Mansur in die Wälder geflüchtet, doch er wusste, dass dies alles das Beste für den Bären war.

In einem Naturreservat konnte Mansur problemlos alt werden und sein Leben ohne Furcht genießen. Das Herz des Piloten pochte schneller als üblich und er wischte die ersten Tränen mit dem Ärmel seiner Jacke weg. Er saß neben dem Bären und legte ihm ein paar Äpfel hin.

„Es muss sein, alter Kumpel", sagte er zu seinem groß gewordenen tierischen Freund und streichelte Mansur.

Der Lastwagen hielt an und zwei Männer stiegen aus. Die Fahrzeugtüren wurden zugeschlagen und der Beifahrer hatte bereits Blickkontakt aufgenommen. „Andrej Iwanow?", fragte er. Das freundliche Grinsen wirkte aufgesetzt. Andrej spürte eine gewisse Abneigung, schob dieses Gefühl jedoch auf die Tatsache, dass er einem lieb gewordenen Tier Lebewohl sagen musste. Der Mann ging auf das Gehege zu. Der andere schlug die Plane der Lkw-Ladefläche zur Seite. Dahinter war ein fest installierter großer Käfig zu sehen.

„Da ist ja Mansur. Ich habe schon einiges von ihm gelesen", meinte der Tierschützer und streckte Andrej zum Gruß die Hand entgegen. Das Augenmerk lag auf dem Bären, dem er nicht ganz zu trauen schien.

Andrej bemerkte den argwöhnischen Blick. „Keine Angst, er ist wirklich brav und zahm."

„Sicher ist sicher", kam die Antwort.

Die Vorstellung war genauso kalt und nüchtern, wie der Händedruck. „Bringen Sie ihn in den Käfig. Ich habe die Erfahrung gemacht, dass die Übergabe und der Abschied am einfachsten vonstattengeht, wenn man alles schnell hinter sich bringt und wir gleich wieder losfahren. Zudem könnte sich der Bär noch bei Tageslicht an sein neues Umfeld gewöhnen."

Andrej hob Mansurs Decke hoch. „Die gebe ich ihm mit. Er mag die Decke."

„Nur zu", kam es zwar mit einem Lächeln, aber mit kalten Augen.

Andrejs Gefühl, dass etwas nicht stimme, wuchs, doch er konnte nicht sagen, was es war, dass ihn störe, also führte er seinen Bären zum Lastwagen. „Komm, du kleiner Racker."

Mansur war sehr neugierig und so war es kein Problem, ihn zum Lastenwagen zu führen. Für den Bären war es eine willkommene Abwechslung, auf die Ladefläche des Lastwagens zu klettern und den Käfig genauer unter die Lupe zu nehmen. Allerdings ging er nicht hinein, sondern streckte vorsichtig den Oberkörper voraus, um zu schnuppern. Als Andrej die Decke hineinwarf, streckte sich Mansur mit mehr als zwei Drittel seines Körpers hinein. Der Fahrer des Lastwagens nahm eine neben dem Käfig liegende Holzstange und schlug damit auf Mansurs Hinterteil. Der Schlag war nicht fest und wohl für den Bären kaum zu spüren. Es war der Blick des Kerls, der Andrej wütend machte. „Hey, warum schlägst du Mansur? Das ist nicht nötig."

Sofort kam die Rechtfertigung. „Das war ein ganz leichter Schubser. Das hat er kaum gemerkt."

Der zweite Tierschützer kam hinzu. „Piotr wollte nur helfen." Er sah, dass Mansur mit einem Schritt nun ganz in den Käfig gegangen war und schloss die Tür. „Sehen Sie, genau das war der Plan. Alles ist gut."

Nichts ist gut, durchfuhr es Andrej. Er spürte immer deutlicher, dass etwas nicht stimmte.

Mansur drehte sich um und versuchte die Tür zu öffnen. Mit großen Augen sah er dabei seinen Freund an. Es war, als schien er Andrej um Hilfe zu bitten. Hol mich hier raus! Hey, ich bin aus Versehen eingesperrt worden. Hilf mir doch!

Die Plane wurde zugezogen und Andrej hörte ein Brummen. Er musste gehen und zwar schnell.

„Sie wissen ja, wo Sie uns finden", stieß der Beifahrer aus und ging um den Lastwagen herum, während der Fahrer dabei war, die Plane zu verschnüren. „Beeil dich, Piotr." Er stieg ein, drehte sich noch einmal kurz zu Andrej um und sagte: „Sie können ihn jederzeit besuchen, aber bitte nur mit Voranmeldung."

Der Lastwagen war weg, Mansur war weg und der kleine Flugplatz Orlovka in der Oblast Twer schien der einsamste Ort der Welt geworden zu sein. Alles war plötzlich anders. Es war, als hätte man das Heizkraftwerk, das für wohlige Wärme sorgt, abgestellt.

Nicht nur Andrej hatte bei den vermeintlichen Tierschützern ein schlechtes Gefühl. Auch Juri und den anderen Piloten war eine gewissen Kälte nicht entgangen, die beide ausstrahlten.

Die folgenden Nächte hatten Andrej, Juri und ein paar andere Piloten kaum geschlafen. Das Verhalten der Tierschützer war ihnen nicht aus dem Kopf gegangen und an normale Arbeit war nicht zu denken.

Als sie wenige Tage später in großer Runde zusammensaßen, ergriff Andrej das Wort. „Wie wir alle festgestellt haben, fühlen wir uns nicht gut. Ich werde dort anrufen und unseren Besuch ankündigen. Wenn wir sehen, dass es Mansur wirklich gut geht und in den Wäldern des Naturreservats herumspringt, wird es uns besser gehen und wir können wieder schlafen."

Alle waren einverstanden, also griff Andrej zum Telefon. Er schaltete auf Mithören und wählte die Nummer. Es dauerte ein wenig und er wollte schon auflegen, als sich eine Frauenstimme meldete. Sie nannte ihren Namen und leicht unverständlich so etwas wie Naturhaltung und Ausbildungsstation.

Andrej stellte sich vor, fragte nach dem Wohlbefinden seines Bären und kündigte einen Besuch an.

Schweigen.

„Hallo? Sind Sie noch dran?"

„Einen kleinen Moment, ich verbinde Sie."

Warten. Nach etwa einer Minute meldete sich die bekannte Stimme des Abholers. „Guten Tag, Herr Iwanow. Schön, dass Sie sich melden. Was kann ich für Sie tun?"

„Ich wollte nachfragen, wie es Mansur geht und meinen Besuch ankündigen."

„Nun", holte der Mann aus. „Ihrem Bären geht es sehr gut. Er befindet sich in der Eingewöhnungsphase und das ist aus Erfahrung sehr schlecht, wenn er Kontakt zu seinem früheren Umfeld hat. Wir raten dringend davon ab."

„Sie haben gesagt, wir können ihn jederzeit besuchen."

„Ich habe Sie doch sicherlich darauf hingewiesen, dass eine Eingewöhnungszeit notwendig ist."

Andrej wurde wütend. Auch die mithörenden Piloten sahen sich mit fragenden Blicken an. „Nein! Das haben Sie nicht. Ich bestehe darauf, Mansur zu besuchen."

Die Stimme des Tierschützers wurde noch etwas freundlicher. „Wir wollen doch alle das Beste für die Tiere. Hier geht es ihrem Bären wirklich gut."

„Er heißt Mansur!"

„Nun, wir haben den Bären das Vermenschlichte wieder weggenommen, um sie so natürlich wie möglich zu halten. Er ist nun einmal kein Haustier, sondern ein Wildtier. Er ist ein Bär und lebt hier wie ein Bär."

„Wann kann ich Mansur besuchen?"

„Geduld, Herr Iwanow. Haben Sie Geduld. Ihr Tier, äh … Mansur, wird ausgewildert. Wenn Sie hierherkommen, kann es sein, dass Sie ihn möglicherweise gar nicht zu Gesicht bekommen. Unser Gelände ist sehr weitläufig und wenn er sich im Wald wohlfühlt …"

„Ihm geht es doch gut?", fuhr Andrej dem Tierschützer ins Wort.

„Aber ja doch. Machen Sie sich keine Sorgen. Und danke für den Anruf. Wir halten Sie selbstverständlich auf dem Laufenden und wir melden uns, sobald sich der Bär hier eingelebt hat."

Klack

„Er hat aufgelegt."

Juri hieb mit der flachen Hand auf den Tisch. „Da ist etwas oberfaul!"

Sofort stimmten ihm die anderen Piloten zu. „Welche Informationen haben wir über dieses Naturreservat?", kam von einer Pilotin eine nicht unbegründete Frage.

„Leute, wenn ich ehrlich bin, habe ich tatsächlich nicht allzu viele Informationen. Hauptsächlich das, was mir dieser Tierschützer vorab alles am Telefon erzählt hat."

Juri stand auf und ging zu dem PC, der im benachbarten Büro stand.

„Wir alle haben hier nicht richtig gehandelt. Man kann keinem von uns einen Einzelschuld zusprechen und dass wir nun handeln, steht außer Frage. Ich schau mal, was ich alles über dieses Naturreservat herausfinde."

Eine Stunde später waren sich die Piloten sicher, einem Betrüger aufgesessen zu sein. Sie hatten ihren Mansur keinem Tierschützer übergeben, sondern einem Ausbilder für Jagdhunde. Und hier auch noch einer Jagdstation, die womöglich auf eine schreckliche Art und Weise vorgeht.

Obwohl das Ausbilden von Jagdhunden zur Bärenjagd an lebenden Tieren in Russland seit 2018 verboten ist, wird dieses tierquälerische Vorgehen immer noch praktiziert. Hierzu werden Bären angekettet, man schneidet ihnen die Krallen ab und zieht die Zähne, damit sie die Hunde nicht verletzen können und lässt dann die Hunde auf die wehrlosen, gequälten Bären los. Neben Bären wird diese Jagdhundeausbildung auch mit Wildschweinen oder anderen Tieren praktiziert.

Die russische Tierschutzorganisation helpni.ru setzt sich gemeinsam mit der Organisation *peta* für den Tierschutz in Russland ein und forderte bereits schriftlich an den Präsidenten, dass endlich das Verbot konsequent im ganzen Land umgesetzt werden soll. Leider zeigen Filmaufnahmen aus dem Jahr 2021, dass immer noch Hunde auf angekettete Bären gehetzt werden.

Andrej, Juri und die anderen überlegten nicht lange. Ihr Entschluss stand fest.

„Wir holen Mansur dort raus. Sofort!"

Eine halbe Stunde später saßen sie in zwei Autos und rasten los. Andrej hoffte, dass seinem Mansur noch nichts passiert war. Niemals hätte er sich diesen Fehler verziehen.

Die beiden Pkw rasten über die holprige Landstraße. Die Nerven der Piloten und Pilotinnen waren angespannt. Wie würden sie empfangen werden? Würden sich die Tierquäler wehren? Vielleicht sogar Waffen einsetzen? Oder könnte es sein, dass sie Hunde auf sie hetzen? Solche und ähnliche Fragen wurden in beiden Fahrzeugen aufs Heftigste diskutiert.

„Solche Leute sind eiskalt. Da geht es um große Geldsummen", stieß Juri aus und bedauerte, unbewaffnet zu sein.

Andrej verneinte. „Das können sie sich nicht erlauben. Mansur ist der *Airbear* und wenn er entgegen der neuen Tierschutzgesetze gequält wird, würde das in die Zeitung kommen, für eine schlechte Presse sorgen und die Behörden zum Handeln zwingen."

„Ich hoffe, deine Einschätzung bewahrheitet sich."

„Und ich hoffe, dass Mansur noch nicht gequält wurde."

Das Gelände glich mehr einem Tierheim, als einem Naturschutzreservat. Das Einzige, dass an Naturschutz erinnerte, war die Bezeichnung im Namen der Jagdstation, die auf eine natürliche Ausbildung hinwies. Was immer das auch bedeuten sollte. Juri dachte dabei an versteckte Hinweise für die skrupellose, tierquälerische Ausbildungsmethode.

115

Die beiden Fahrzeuge preschten, an Zwingeranlagen vorbei, in einen großen Hof. Sie sahen den Lastwagen, auf dem Mansur abtransportiert worden war und parkten daneben ein. Die Piloten stiegen aus. Andrej war voller Wut. Nicht verebbendes Hundegebell begleitete ihn auf dem kurzen Fußweg zum Bürogebäude.

Noch bevor sie an der Tür waren, kam der angebliche Tierschützer aus dem Gebäude und blieb erschrocken stehen.

„Sie Betrüger! Ich werde Sie anzeigen! Wo ist Mansur?"

Beschwichtigend hob der Betreiber der Jagdstation die Hände. „Immer mit der Ruhe, meine Herren. Ihr Bär ist wohlauf. Das hatte ich doch versprochen. Ich konnte ihn nur noch nicht in das Wildgehege …"

Andrej stand jetzt vor dem Mann, baute sich auf und ließ keinen Zweifel aufkommen, nicht auch handgreiflich zu werden. „Wo ist Mansur? Und wehe, Sie haben ihm auch nur ein Haar gekrümmt. Sie sind ein Betrüger!"

Der Fahrer des Lastwagens kam ums Hauseck, entdeckte die Piloten und kehrte sofort wieder um.

„Bleiben Sie ruhig. Ich bin kein Betrüger. Wir haben hier ein großes Gelände. Kommen Sie mit. Ich zeige Ihnen, dass es dem Bären gut geht", versuchte der Kerl zu beschwichtigen.

„Damit das klar ist! Wir nehmen Mansur wieder mit."

Der angebliche Tierschützer stutzte. „Aber ich dachte …"

Andrej rückte ganz dicht an den Tierquäler heran. Sie standen Nasenspitze an Nasenspitze zusammen. Der Pilot sprach ganz langsam und deutlich. „Ich nehme meinen Bären jetzt mit!"

Der Betreiber der Jagdstation schluckte nervös. Sein Adamsapfel wanderte hoch und runter. „Selbstverständlich. Ich weise jedoch darauf hin, dass Sie mir den Bären zur Auswilderung überlassen …"

„Halt den Mund!", schimpfte Juri von hinten.

„Wir wollen unseren *Airbear*!", rief ein anderer Pilot.

Wieder hob der Mann beschwichtigend die Hände. „Aber natürlich. Nehmen Sie den Bären wieder mit und die Sache ist erledigt. Alles kein Problem. Ich bringe sie zu ihm."

Andrej und Juri wichen dem Mann nicht von der Seite. Er führte sie hinter das Haus und dort zu einer Käfiganlage. Mansur saß apathisch in einem großen Käfig. Die Piloten hatten ihn noch nie in einer solch krankhaften Stimmungslage gesehen.

„Mansur!", rief Andrej.

„Mansur", kam es auch von Juri.

Der Bär hob den Kopf. Er erkannte seine Freunde und stand auf. Ein befreiendes Brüllen war zu hören. Mit den mächtigen Tatzen klopfte er an die Tür des Käfigs.

„Öffnen Sie!"

„Was ist, wenn der Bär ..."

Wieder fuhr ihn Andrej ins Wort. „Wenn Sie nicht sofort die Tür des Käfigs öffnen, würden Sie sich wünschen, der Bär stünde

Ihnen gegenüber und nicht ich, denn ich bin kurz davor, Ihnen sämtliche Knochen zu brechen!"

Mit zittrigen Händen sperrte der Mann das Vorhängeschloss, mit dem die Tür gesichert war, auf. Kaum schnappte der Bügel hoch, zog er sich zurück. Nachdem er ein paar Meter Abstand hatte, rief er den Piloten zu: „Nehmen Sie den Bären mit und verlassen Sie mein Grundstück!"

Juri drehte sich zu dem Mann um und tat so, als würde er loslaufen. Daraufhin drehte sich der Tierquäler um und rannte in sein Büro.

Mansur war außer sich vor Freude. Er tanzte herum, beschnupperte jeden der Piloten und schmiegte sich an Andrej.

„Verzeih mir, ich hatte es nur gut gemeint", hauchte dieser seinem Freund zu.

Juri klopfte auf Andrejs Schulter. „Jetzt haben wir Mansur zum zweiten Mal gerettet. Ein drittes Mal wird es nicht geben. Wir achten in Zukunft besser auf ihn."

„Lasst uns verschwinden", riet eine Pilotin. „Ich traue diesem Typen nicht."

Sie gingen zu den beiden Fahrzeugen und Mansur kletterte in den Kofferraum des Kombis. Alle lachten. Der Bär hatte kaum Platz, legte sich aber demonstrativ hin. Ganz nach dem Motto. „Hier bekommt mich keiner raus!"

Die Freude war groß. Mansur war tatsächlich noch unversehrt. Nicht auszudenken, wenn man ihm schon Krallen oder Zähne gezogen hätte. Andrej bekam bei diesem Gedanken Gänsehaut.

Zurück am Flugplatz Orlovka tobte Mansur herum und schien alles nachzuholen, was er in der letzten Woche verpasst hatte. Er war zu Hause und glücklich.

Am nächsten Tag feierte die kleine Flugplatz-Crew Mansurs Befreiung. Ihr lebendes Maskottchen, der *Airbear*, war wieder da. Nichtsdestotrotz wussten sie, dass der Bär nicht bei ihnen bleiben konnte. Die Suche nach einem geeigneten Platz für Mansur begann von vorn. Die Crew startete ein zweites Mal und suchte per Zeitungsannoncen, über Internet und auch über ein paar Radiosender nach einem neuen Zuhause für ihren *Airbear*.

Mansur bekam von alledem nichts mit. Er war glücklich. Der Bär spielte mit seinem tierischen Husky-Freund, ließ sich von neugierigen Besuchern streicheln und füttern und spazierte auf dem Flugplatz herum, um den Piloten bei der Arbeit zuzusehen oder auch mal einen Streich zu spielen und etwas wegzunehmen. Die Lösung für das Problem der Unterbringung kam weder über einen Anrufer, noch per E-Mail. Diesmal war es Juri, der nach einer Landung freudestrahlend ins Büro des Flugplatzes marschierte.

„Sag mal, warum hast du beim Anflug so mit den Flügeln gewackelt und strahlst jetzt heller als die Sonne?", wurde er von Sonja begrüßt.

„Ich komme gerade vom Flugplatz Oreshkovo."

Sonja ließ sich von Juris guter Laune anstecken. Sie grinste, als sie fragte: „Und dort hast du den goldenen Koffer gefunden, bist steinreich und teilst mit uns."

Andrej kam hinzu. „Na ihr beiden Turteltauben. Was gibt's? Warum seid ihr so prima gelaunt?"

Juri konnte das Geheimnis nicht länger für sich behalten. „Ich habe einen Platz für Mansur."

Stille.

„Einen sehr guten Platz", schob er nach. „Ich komme gerade von einen Flug nach Oreshkovo in der Region Kaluga zurück. Ein Geschäftsmann wollte dorthin. Nach der Landung machte ich eine Pause und unterhielt mich mit dem dortigen Fluglotsen. Dabei erzählte ich von Mansur und dass wir ein Zuhause für ihn suchen." Juri machte eine Pause und schraubte seine Thermoskanne auf. Er schenkte sich den letzten Schluck Tee ein und trank. Die Spannung stieg. „Sie kannten unseren *Airbear*. Ein paar von den Leuten dort haben ihn hier sogar schon mal besucht."

„Weiter", drängte Andrej aufgeregt.

„Der Fluglotse trommelte ein paar Piloten zusammen und alle boten einstimmig sofort Hilfe an."

„Das ist nett, aber wie möchten sie uns denn helfen?", hakte Sonja nach.

„Jetzt kommt der Clou. Zum dortigen Flugplatz gehört auch ein eigenes eingezäuntes Waldgebiet. Sie erlauben uns, dort für Mansur ein großes Gehege zu bauen. Der Platz ist ein Paradies. Er kann sogar durch den Wald streifen."

Sprachlosigkeit wurde durch Jubel abgelöst.

„Das wäre ja fantastisch", klatschte Andrej in die Hände.

Sonja umarmte Juri. „Das hast du prima gemacht!"

Andrej war zu Tränen gerührt. Sollte sein zotteliger Freund endlich ein Zuhause gefunden haben? Er klopfte auf Juris Schultern. „Du bist ein wahrer Freund."

Juri zeigte nach draußen. „Er hat es verdient."

„Das hat er", bestätigte Sonja.

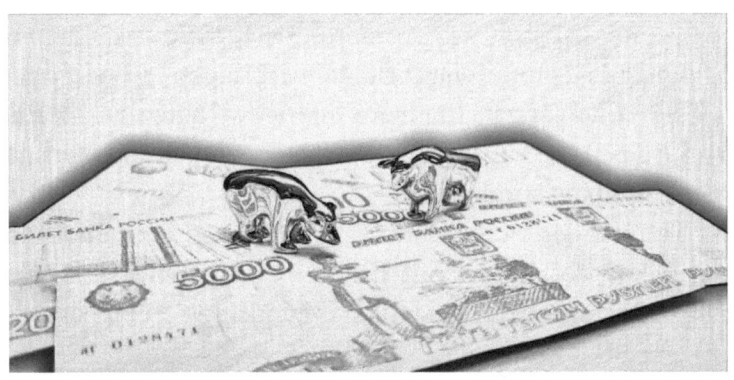

Der nächste Schritt stand bevor. Für den Bau eines bärengerechten Geheges wurde Geld benötigt. Zudem musste neben dem Bau von Mansurs neuer Behausung auch dessen Ernährung sichergestellt sein. Der Futterbedarf für ihn betrug durchschnittlich rund 400 € pro Monat.

Spendenaufrufe spülten erstes Geld in die leere Kasse und es konnte Baumaterial gekauft werden. Viele Freiwillige beteiligten sich am Bau des Geheges. Ein Traum nahm Gestalt an.

Am Tag des Umzugs herrschte keine Trauer. Andrej wusste, wie gut es sein Bär in seinem neuen Zuhause haben würde. Er war begeistert von der Größe des Geheges und den Möglichkeiten, die Mansur dort hatte. Zudem blieb Andrej auch der Ziehvater des Bären und konnte ihn, so oft wie er wollte, besuchen.

Der *Airbear* wurde schnell zur Attraktion und bekam in seiner neuen Heimat viele neue Freunde. Einer von ihnen hatte die grandiose Idee, den Bären zum Internet-Star zu machen und dadurch sein Futtergeld zu verdienen. Der Vorschlag wurde umgesetzt und Mansur ist seither auf verschiedenen Plattformen zu sehen. Werbegelder und Spendengelder trafen regelmäßig ein und der Unterhalt war fürs erste finanziert.

Wenn Mansur weiterhin eine große Fangemeinde bekommt, hat er ausgesorgt.

Andrej ist nach wie vor der beste Freund des Bären, den er als Jungtier gerettet hat. Beide verbringen so viel Zeit wie möglich miteinander. In einem Interview sagte der Pilot, dass er je nach Spendeneingang und Werbeeinnahmen für Mansur sogar einen Pool bauen möchte.

So fand der kleine Bär, der seine Mutter auf unbekannte Art und Weise verlor und auf dem Flugplatz Orlovka hilflos und hungrig herumirrte, einen treuen Freund, eine große Fangemeinde und einen Platz, an dem er glücklich leben kann.

Mansurs erstaunliche Geschichte hatte ein Happy End.

Noch mehr **Laddy Stories** gibt´s auf YouTube.

Tipp: Wenn ihr den Kanal abonniert, verpasst ihr keine Geschichte.

Laddy Stories

Lizenzen:

Alle Fotos und bearbeitenden Fotos stammen von Pixabay:

Pixabay Lizenz: https://pixabay.com/de/service/license/

Vielen Dank an dieser Stelle an die Fotokünstler und an Pixabay.

Hinweis:

Bis auf den Namen des Piloten Andrej Iwanow sind alle Namen frei erfunden. Ähnlichkeiten mit realen Personen wären rein zufällig.